insel taschenbuch 4021

Idwal Jones

Die Sterne von Paris

Idwal Jones

DIE STERNE VON PARIS

Ein Roman der kulinarischen
Abenteuer

Mit einer Einleitung
von Anthony Bourdain

⌒◈

Aus dem Englischen von
Andrea Fischer

Insel Verlag

Die Originalausgabe erschien 1945 unter dem Titel
High Bonnet. A Novel of Epicurean Adventures
bei Prentice-Hall, Inc., New York.
Einleitung © 2001 by Anthony Bourdain
Umschlagfotos: Trigger-Photo/iStockphoto;
mbbirdy/iStockphoto

insel taschenbuch 4021
Erste Auflage 2011
Insel Verlag Berlin 2011
© der deutschen Ausgabe by Arche Literatur Verlag AG,
Hamburg – Zürich, 2009
Lizenzausgabe mit freundlicher Genehmigung
der Arche Literatur Verlag AG, Hamburg – Zürich.
Vertrieb durch den Suhrkamp Taschenbuch Verlag
Umschlag: HildenDesign, München, www.hildendesign.de
Druck: CPI – Ebner & Spiegel, Ulm
Printed in Germany
ISBN 978-3-458-35721-6

1 2 3 4 5 6 – 16 15 14 13 12 11

Für
Phil Townsend Hanna,
Homo multarum literarum
und gertenschlanker
Genießer

Inhalt

Einleitung von Anthony Bourdain 7

1 Schuld waren die Mispeln 17
2 Der Herr im oberen Stockwerk 37
3 Petit-Montrouge 53
4 Monsieur Pom-Pom 69
5 Die Maske von Duruy 89
6 Die Laube des Bischofs 103
7 Köche speisen auswärts 115
8 Manuel, der Inka 127
9 Der Bürgermeister in der Dachkammer 139
10 François le Grand 147
11 Moschusochse und Sorbet 159
12 In Übersee 179
13 Urlaub unter Kesselflickern 195
14 Lebt wohl, Lords und Ladys! 207

Einleitung
Anthony Bourdain

Mit dem Modewort »Foodie« bezeichnet man heute Menschen, die sich für Essen, Restaurants und ganz besonders für Köche interessieren oder sogar begeistern – Menschen, die im weitesten Sinne mit der Gastronomiebranche zu tun haben, sei es als Kritiker, als passionierte Beobachter und regelmäßige Gäste oder durch Geschäftsbeziehungen wie beispielsweise Weinhändler, Foodstylisten oder Berater. Diese Menschen sind immer auf der Suche nach Neuem, nach etwas Umwerfendem, nie Dagewesenem. Vielleicht glauben Sie, den einen oder anderen Foodie zu kennen. Stimmt nicht.

Auch ich glaubte, als Koch, der sich mit der Geschichte und der Literatur seines Berufs befasst, sämtliche »Koch-Bücher« zu kennen. Damit meine ich alles, was über den oder aus dem Blickwinkel des Kochs geschrieben wird, alles, was die besondere Weltsicht, die Eigenarten, fixen Ideen und die tägliche Routine ehemaliger Küchenprofis beschreibt. Als ich als junger Auszubildender meinen langen und manchmal beschwerlichen Aufstieg an die Spitze der Küchenbrigade begann, fiel mir eine zerfledderte Ausgabe von Orwells *Erledigt in Paris und London* in die Hände, und ich kann die Aufregung angesichts meiner Entdeckung kaum in Worte fassen, jenes warme Gefühl des Wiedererkennens, diese unmittelbare Verbundenheit mit den *plongeurs* und *cuisiniers,* den Springern und Köchen in Orwells Hotel X. Meine Arbeit, meine anonyme Schinderei im Bauch einer großen, geschäftigen Restaurantküche war plötzlich Teil eines wunderbaren großen Ganzen; das Mobbing, der Wahnsinn, das Saufen standen in einer uralten Tradition, machten jene härter und besser, die es wert waren, und schlossen die Übrigen aus – ein Prozess, den man stolz durchzustehen hatte. Das bei den damaligen Chefköchen beliebte abwechselnde Ausstoßen von unglaublich obszönen Schimpftiraden und vernichtend sarkastischen Bemerkungen wandelte sich über Nacht in meinen Augen zu einer Kunst, die bestaunt und nachgeahmt werden wollte – auch wenn ich selbst die armselige Zielscheibe dieser Verachtung war. Nach der Lektüre von Orwell – und nachdem ich später das Werk des ehemaligen Kochs und Krimiautors Nicolas Freeling gelesen hatte – wurde mir klar, dass ich zu etwas gehörte, das größer war als ich selbst; ich war Soldat in einer geheimen, fast paramilitärischen Organisation, der bald in eine Untergrundgemeinschaft aufgenommen werden würde, ich arbeitete mit an einer »Sache«, die, unbemerkt von der Öffentlichkeit, schon seit Jahrhunderten existierte. Ich hatte mich, wurde mir klar, ohne es damals so ganz zu verstehen, einer Subkultur verschrieben, die sich mit den Geheimnissen des Essens befasste, einer wilden Elite, die zu anderen Zeiten arbeitete, sich auf andere Art vergnügte und der Welt jenseits der Küchentür und der spätabendlichen Gelage des Küchenpersonals mit Argwohn und Abneigung begegnete. Jedes Buch, jede Fernsehsendung, jeder Film, der ein Fenster zu unserer Welt aufstößt, wird mir meist postwendend gemeldet: »Hey, Kumpel«, sagt dann vielleicht einer meiner Kochfreunde, »hast du das Video mit Gordon Ramsey gesehen? Mann, der ist Hardcore, das musst du dir reinziehen!«, oder: »Hast du Al Pacino in *Frankie und Johnny* gesehen? Was soll der Scheiß mit dem Halstuch? Hält der sich für Chef Boyardee, oder was? Hast du mal gesehen, wie der sich bewegt? Den Trottel würde ich nicht mal als Teller-wäscher nehmen!«, oder: »Du musst mal *Flash in the Pan* von David Blum lesen, Mann! Da stimmt alles. Genau wie bei uns...« Unter Köchen wird unglaub-lich getratscht, und ihr Informationsnetz – ein in-formelles, weltweites Geflecht aus Küchentelefonen, Message Boards im Internet, nächtlichen Barbesuchen und E-Mails – würde den Neid der CIA oder der NSA wecken (wenn sie davon wüssten). Wenn ein Koch in Seattle eine Schüssel voll Pasta auf einen Kellner schleu-dert, weiß es bald ganz New York. Wenn ein verscholle-ner Küchenklassiker neu aufgelegt werden soll, hat schon bald irgendjemand eine komplette Kritik auf einem Message Board für Köche verfasst – und ein abgegriffe-nes Exemplar wird von einer schwieligen Hand an die nächste weitergereicht. (In den letzten Monaten habe ich mehr Exemplare der englischen Übersetzung von Zolas *Der Bauch von Paris* gesehen – für einen Foodie die Schriftrollen von Qumran –, als in diesem Land über-haupt existieren sollen.) Wir Köche lesen gerne über uns und unseresgleichen, in der Gegenwart wie in der Ver-gangenheit.

Die Sterne von Paris von Idwal Jones traf mich völlig unvorbereitet. Ich kannte weder Buch noch Autor, als ich die Fahnen per Post bekam. Meine Reaktion – nach nur wenigen Kapiteln – könnte man als Entrüstung bezeichnen. Als Küchenchef halte ich nicht viel von Überraschungen, doch Jones' unglaublicher Bericht über schräge Köche und besessene Feinschmecker war eine Riesenüberraschung für mich. *Warum weiß ich nichts über diesen Typ? Wer war er? Woher kommt dieses Buch? War der Autor selbst Koch? Wie viel davon ist erfunden?* Der Verfasser musste ein Küchenchef oder Profikoch gewesen sein, das stand außer Frage. Allerdings war die Beschreibung des Essens und Kochens so … nun ja … fast schon pornografisch, die Schilderung des Küchenalltags so realistisch. Das Buch war ein Geheimnis, das mit jeder neuen Seite süßer schmerzte.

Auf den ersten Blick ist *Die Sterne von Paris* die Geschichte von Jean-Marie Gallois, dem Neffen eines Confiseurs aus der Provence, einem jungen Mann, der schon auf den ersten Seiten von der kulinarischen Sensibilität des Mittelmeerraums geprägt zu sein scheint. Von Anfang an beschäftigt sich jede Figur zielstrebig, ja fast schon krankhaft mit Essen und Trinken. Das Leben in Jones' Geschichten dreht sich um die Beschaffung von Speisen, um die Zubereitung von Speisen, das Beschreiben von Speisen – und um die Planung derselben. Als Jean-Marie spontan eine Sauce sicilienne für seinen Onkel und dessen Gäste – einen Küfer und eine vom Glück verlassene Baronin – aus dem Hut zaubert, wird er unversehens einem angesehenen Pariser Restaurant empfohlen, dem Faisan d'Or. Die Reaktion der Baronin auf die Sauce von Jean-Marie zeigt, was ich mit »pornografisch« meine: »Die Sauce rief Erinnerungen wach,

die sie in ihre Kindheit zurückführten: die im Sonnenlicht gleißenden Weinberge an der Rhône, die Provence
mit ihrem ›knoblauchduftenden Lächeln‹, die Speisekammer in der Küche ihrer Eltern mit den aufgereihten
Kräuterdosen, dem trocken raschelnden Koriander, der
an Ägypten gemahnte wie die Flöten in *Aida,* der Mandarinenschale mit ihrer königlichen Säure und ihrem Duft,
mit Butter und Schnittlauch, die eine stechend riechende
Kuhwiese und einen moosgrün eingefriedeten Garten am
Ufer des Mittelmeers heraufbeschworen, wo die Baronin
als Kind in ihrem Kittel Muscheln gesammelt hatte.«
Puh! Ich weiß nicht, wie es dem Leser oder der Leserin
geht, aber ich brauche jetzt ein Glas kaltes Wasser.

Profiköche werden die komplizierte Rangordnung,
die typischen Charaktere und die schlichte Ausdrucksweise der Restaurantküche wiedererkennen. Doch ich
glaube, selbst sie werden über die Unbedingtheit staunen,
mit der alle Figuren in *Die Sterne von Paris* ihrem Vergnügen und ihrem Handwerk nachgehen. Es ist, als sei
jeder ein Gourmet oder ein Gourmand und jage auf der
Suche nach kulinarischen Entdeckungen durchs Leben,
unempfänglich für jegliche andere Annehmlichkeit. Ein
Koch und ein Adliger, ein vietnamesischer Anarchist,
ein zwergenhafter Rotisseur, ein Exil-Kolumbianer, ein
trinkender Kellner, Verrückte wie Gauner – sie alle tau
meln auf der Suche nach einem guten Essen oder einer
herrlichen Zutat durch die finsteren Arrondissements
von Paris, und sie alle haben eine dezidierte Meinung
zum Essen. Kaum haben sie ein Mahl beendet, planen sie
schon das nächste. Wir lernen Jules kennen, den Saucier
des Faisan d'Or, der seinem jungen Zögling Jean-Marie

einen Geheimvorrat an Safran anvertraut und die Sauce espagnole zutreffend beschreibt als »ein Sprungbrett, Ausgangspunkt aller Fantasien« – Worte, in die sich jeder kluge Koch hüllen kann wie in eine warme Decke. Da gibt es Pierre, den hässlichsten, aber besten Kellner von Paris, der während der Arbeit nur von Brot und Brandy lebt und anschließend am liebsten alle in die Luft jagen würde. Und es gibt Guido, den »italienischen Maestro«, ein klassisches Beispiel für das, was französische Köche einen *debrouillard* nennen, einen »Problemlöser« – diese äußerst geschätzte Spezies, von Improvisator/Organisator/Spion und Künstler, den alle Küchenchefs gern auf ihrer Lohnliste haben und häufig lange suchen müssen.

»Guido stammte aus Venedig. Venezianer sind hervorragende Künstler, Spione und Historiker; Casanova war alles zusammen. Guido wusste stets, was im Faisan d'Or geflüstert wurde ... Außerdem war er Geograf und so belesen in der geheimnisvollen Welt der Nahrungsmittel, dass man ihm irgendeinen Punkt auf der Erdkugel nennen konnte und er aufzählte, was dort an Essbarem produziert wurde und wie viel Respekt es verdiente ... Ach, die furiose Behändigkeit unseres italienischen Maestros, diese Flut böser, altmodischer Flüche, seine zum Lästern verzogenen Lippen, seine schlangengleich funkelnden Augen! Er war am besten, wenn er sich in Rage geredet hatte.« Ich kenne solche Typen. Mehrere. Perfekte Souschefs.

Es ist weniger die Geschichte von Jean-Maries Aufstieg zum Chef (die Verleihung der hohen Kochhaube) als eine halsbrecherische Jagd nach dem Vergnügen und scheint sich gelegentlich in der Monomanie ihrer Figuren zu verlieren, die auf der Suche nach kulinarischen Kicks vorangetrieben werden. Snobismus gibt es nicht in *Die Sterne von Paris*. Gutes Essen ist für die bestimmt, die kenntnisreich, sensibel und begeisterungsfähig genug sind, um es zu würdigen. Egal, ob es um eine schlichte Schüssel Pasta mit »buttriger Tomatensauce« oder um ein ausgefallenes »prähistorisches Menü« von einem gerade entdeckten Moschusochsen geht, um eine klassische Sauce oder um – eine köstliche Episode – geröstete Nieren in einem »schmuddeligen kleinen Café am Ufer des Kanals. Es war laut, gefüllt mit Gerbern und Schlachthofarbeitern... Unter den Tischen jaulten und kämpften die Hunde«, wo »vier mammutgroße Nieren« lagen, »deren rubinrotes Fleisch uns in einem Gewebe aus Fett zuwinkte... Louis persönlich schob sie in den Ofen, wo sie wie chinesische Knallfrösche brutzelten und krachten« – es gibt keine Regeln, nur Spaß muss es machen. Für einen kritischen Genießer existiert kein anderes Gesetz als das Diktat des Gaumens.

Die Sterne von Paris zu lesen macht auch deshalb so viel Freude, weil man die Figuren einfach reden lässt, weil sie ihre Anekdoten erzählen, predigen und polemisieren. Die Geschichte eines Kochs, eines Mannes, »der von einem Gericht ruiniert wurde«, werde ich nie vergessen. Sie handelt von einem Koch, der in Indien das Rezept für ein Curry entdeckt und beim Nachkochen in Paris spektakulären Erfolg hat. Dann geht ihm eine wichtige Zutat aus, und er ist dem Untergang geweiht. Zeitgemäßer angesichts einer neuen Mode unter Köchen, die ihre Kunst in sterilen, fast schon herdlosen *laboratoires* ausüben, ist vielleicht folgende angeregte Diskussion über den angemessenen Grad von Verschmutzung in einer Restaurantküche: »Man darf nicht erwarten, dass aus einer sauberen Küche ein gutes Essen kommt. Dann könnte man es sich genauso gut aus dem Labor holen. Widerlich! Ein Koch, der an nichts anderes als Seife und Desinfektionsmittel denkt, taugt nur für die Guillotine«, sagt eine Figur. »Nehmt zum Beispiel Papa Andrieu aus dem Vielle Tour. Seine kleine Küche ist eins fünfzig mal drei Meter groß. Wenn man den Boden mit Spitzhacke und Spaten bearbeiten würde – der Himmel bewahre! –, wäre der Raum deutlich höher. Da liegen ganze Gebirge von Schalen, Schlacken, Fett, zertretenen Hühnerknochen und Brot. Die Essensreste kann man zurückverfolgen bis zum Krieg – vielleicht sogar bis zu den Napoleonischen Kriegen! ... Ganz gewiss, wo es Visionen gibt und die Flamme der Kreativität lodert, stellt ein bisschen ehrlicher Schmutz kein Hindernis für die Kunst dar.«

Das klingt ganz nach einem Profi der alten Schule, muss ich sagen.

Als ich schließlich eine kurze Biografie des Autors von *Die Sterne von Paris* fand, Idwal Jones, war ich, wenn das überhaupt möglich war, noch faszinierter von dieser Person. Er war offenbar ein Renaissancemensch, verfasste Kritiken, Romane, Texte über Weinbau, Folklore und Kochen. Er arbeitete mal als Ingenieur, dann als Goldsucher, Rancher und Journalist, war aber auch Meisterkoch und Mitglied verschiedener gastronomischer Gesellschaften. Als Freund sowohl von M. F. K. Fisher wie von Erich von Stroheim scheint er ein interessanter Zeitgenosse gewesen zu sein. Ich kann nur sagen, er schreibt wie ein Koch. Sein Buch *Die Sterne von Paris* wird ein Klassiker seines Genres werden. Zweifellos werden bekleckste Exemplare in vielen Restaurantküchen zirkulieren. Ein höheres Lob gibt es für mich nicht.

Sklave: Mein Bester,
über Kochkunst haben viele schon
vieles ausgeführt. Zeig, ob du
Neues zu sagen weißt. Sonst lass
in Ruhe mich.

Koch: Ich hab sie nicht zwei Jahre
bloß gelernt, die Schürze um, vielmehr
durchs ganze Leben sie ausstudiert
in allen ihren Zweigen.

Athenaios von Naukratis,
Das Gelehrtenmahl

1

Schuld waren die Mispeln

Zum wiederholten Male lief nun der Straßenverkäufer an Xaviers Café am Kai von Toulon vorbei, einen Korb voller Mispeln auf dem Kopf und einen melodischen Ruf auf den Lippen. Es war schon spät in der Saison, und die Früchte waren von dunklem Gold, saftig und köstlich überreif.

»Auf der Fahrt nach Genua, Jean-Marie«, sagte der Kapitän der *Piccolo* zu mir und schenkte mir ein, »wirst du mein erster Offizier. *Bene?*«

Das war ein hoher Rang für einen jungen Mann, der gerade achtzehn geworden war. Der Kapitän war Sizilianer, ein ernster Mann mit dem Glück des Sturmvogels im Orkan. Er hatte mir beigebracht, mit Daumen, Auge und Quadranten zu navigieren. Jetzt war ich kein Kabinensteward mehr. Jetzt konnte ich mit Gold im Wert von einem Franc an der Mütze über das Deck der *Piccolo* schreiten. Da lag sie am Kai, schmuck in der grellen Sonne, schaukelte im abflauenden Mistral und verströmte den Geruch von Öl und Weinfässern und die waldige Note von Kork.

Der Straßenverkäufer pries seine Ware an. Der Wind trug das schwere Aroma der Früchte heran; ich musste an den Mispelbaum im Garten meines Onkels denken und wurde von Sehnsucht ergriffen.

»Für ein oder zwei Tage würde ich gerne nach Hause fahren«, warf ich ein. »Diese Früchte…«

Der Kapitän drehte sich um. »Mispeln! Dabei ist schon April!« Er stützte die Ellenbogen auf den Tisch, barg sein stoppeliges schwarzblaues Kinn in den Händen und seufzte verträumt mit Blick auf den Korb. »Und in Palermo schreit die alte Suora Micaela ihre Mispeln aus. *Nespole! Che belle nespole!* Ach, das tintenblaue Meer der Concha d'Oro und das Wassereis, das wir am Eiswagen kauften und zusammen mit den Früchten der Suora aßen!«

Eine Minute später vertilgten wir die Mispeln, eine Kunst für sich, wenn man es richtig anstellt. Man knipst das Auge heraus, bohrt sich zu den Kernen durch, zieht die Schale ab und schiebt sich die Mispel in den Mund. Die drei glänzenden Kerne lösen sich so leicht wie Pistolenschüsse. Das Fruchtfleisch spült man mit einem Schluck Muskateller hinunter, der auf seinem schwarzen Etikett das Wappen der Toskana trägt.

Als wir die Mispeln verzehrt hatten, waren der Kai und die *Piccolo* in Dunkelheit gehüllt, und der dicke Xavier in seinem Verlies hinten im Laden goss Öl und Wein über züngelnden Flammen zusammen. Der Safran duftete so durchdringend wie eine auf einem Nebelhorn gespielte Fuge. Xavier kam mit den Tellern zu uns herübergewatschelt. Wir speisten jungen Hummer von der Insel Porquerolles und einen ansehnlichen *rascasse,* und so zog sich unser Abendessen bis Mitternacht hin.

»Dann halt bei der nächsten Tour«, sagte der Kapitän, als er mich zum Autobus brachte, der in die Berge hoch über Nizza fuhr.

»Auf die nächste Tour!«

»*Addio!*«

Der mächtige, ajaxgleiche Arm, der so viele Stürme
auf dem Mittelmeer bezwungen hatte, beschrieb in einem
dunklen Bogen ein wackliges Lebewohl. Und Xavier,
gleich einem in Decken gehüllten Weinfass, winkte mir
zum Abschied, als würde er mich segnen, was durchaus
angemessen war, hatte ich doch den Lohn eines ganzes
Monats bei ihm gelassen.

Nie kehrte ich aufs Meer zurück noch sah ich die *Piccolo* jemals wieder. Schuld waren die Mispeln.

Mein Onkel Abel war *confiseur*, und ich war in kleinem
Umfang an seiner Firma beteiligt – ein Erbe meines Vaters, der den Rest seines Vermögens durchgebracht hatte,
dann zur Fremdenlegion gegangen und seit einem Einsatz in der Sahara verschollen war. Abels Nougat war eine
der Attraktionen von Vence, einer Stadt in den Bergen,
die ebenfalls für ihr Panorama und ihre reine, kristall-
klare Luft berühmt war.

Abels Geschäft, Nougat Masséna, war eine Grotte in
der Rue Miséricorde. Die Fenster waren dicht mit Spinnweben verhangen, doch durch die Tür hatte man einen
wunderbaren Blick auf die Berge: den Mont Mounier,
den hoch aufragenden Eiszapfen von Du Cheiron und
auf den Caire Gros, erstarrt bei dem Versuch, seine rosig-
azurblauen Speere in den Himmel zu bohren.

Vence besteht aus romanischen Arkaden, hohen Bruch-
steinhäusern und ligurischen Türmen im arroganten
Stil des Genueser Cinquecento; die Häuser sind rosa-
oder ockerfarben verputzt; die Zeit, der Mistral und

die schleichenden Nebel vom Meer nehmen ihnen die Härte.

Ganz in der Nähe fließt ein Flüsschen, in dem sich Forellen, Karpfen, Haseln und Schleie tummeln, an seinen Ufern wachsen Salbei und Minze. Angeblich ist es möglich, dort einen Fisch zu angeln, mit der Rute auszuholen und ihn bis in die Küche von Mère Solons Gasthaus zu befördern. Diese Legende führte viele Sportfischer zum Gasthaus und bescherte Mère Solon ein gutes Auskommen, auch wenn die Großtat nur drei Mal vollbracht wurde.

Mein Onkel stellte es geschickter an und gewann einmal fünfzig Francs bei einer Wette im Tabakladen. Mit einer fast vollständigen Drehung um die eigene Achse schleuderte er eine Forelle durch die Luft und die Tür bis in einen Topf mit Fischsud, der auf dem Ofen brodelte.

Als mein Onkel das Gasthaus betrat, stand sein Teller mit Forelle blau dampfend für ihn auf dem Tisch, dazu ein von Mère Solon köstlich zubereiteter Salat und eine Flasche weißen Cavalaires, ein Geschenk für den Meister der Fischwerfer von Vence.

Oder sollte ich besser sagen: den Weltmeister der Fischwerfer? Doch, ganz gewiss war er der beste der ganzen Welt. Es war ein eher kleiner Fisch, der bei meinem Onkel nicht für den hohlen Zahn reichte, doch innerhalb von vierzehn Tagen erzählte man sich in Nizza, die Forelle sei sechs Pfund schwer gewesen und mein Onkel habe sie vom anderen Ufer aus in den Topf geschleudert.

»Que diable!«, sagte er. »Wie soll ich mich daran erinnern? Ich habe seitdem zwanzig weitere Fische gefangen und gegessen!«

Einen Monat später standen Wahlen an. Warum sollte man nicht, fragten sich viele Einwohner, warum sollte man nicht Abel Gallois für den Posten des Bürgermeisters aufstellen? Ja wirklich, warum nicht? Sein Ruhm war weithin vernehmbar. Das Problem war, dass jede Partei – links, Mitte, rechts – ihren Kandidaten bereits bestimmt hatte. Außerdem war Monsieur Gallois kirchenkritisch und ein Anarchist, der einzige Anarchist im ganzen Dorf. Etienne Dosso, der Weinküfer, meinte, dieser Ehre müsse Ausdruck verliehen werden, und da im Archiv keine royalistische Partei zu finden sei, könne man doch flugs eine gründen. So geschah es, und mein Onkel, dessen Proteste man als Bescheidenheit auslegte, wurde von einer geradezu überwältigenden Mehrheit zum Bürgermeister gewählt.

Ein fähiger Mann, sagen die Philosophen, könne seine Talente überall einsetzen. In diesem Fall irrten sie. Als Angler besaß mein Onkel Begabung, als Nougatier war er ein Genie ersten Ranges, aber im Amt erwies er sich nur als mittelmäßig, auch wenn seine Körpermasse und sein beeindruckendes Gebrüll seit Mirabeau unerreicht waren. Doch *noblesse oblige,* und schließlich war er Patriot. Von Kopf bis Fuß kleidete er sich in die Amtstracht des Bürgermeisters – Seidenhut, Gehrock, Schärpe und Amtstab im Wert von zweitausend Francs – und schloss am Tag der Bastille sein Geschäft, um in einsamer Würde durchs Dorf zu spazieren. Erhaben, aber demütig im Geiste schritt er auch noch den steilsten, abgelegensten Weg ab, sodass die armen alten Gänsehirten Zeuge werden konnten, wie das Symbol und die Personifizierung der Republik über ihre Schwelle trat.

Sein Geschäft litt nicht unter seinem Einsatz für das anstrengende Amt. Zu Hunderten strömten Besucher herbei, und die Verwaltung ließ über seinem Laden ein riesiges, aus dem Stadtsäckel bezahltes Holzschild in Form eines Blumenstraußes anbringen, das die Aufschrift trug: »Die Welt dankt Nougat Masséna und Abel Gallois, König der Konditoren.«

So wie Marie-Antoine Carêmes Menü für Talleyrand auf dem Wiener Kongress in die Geschichte der Diplomatie einging, entluden sich die Gefühle meines Onkels bei der Arbeit mit Zucker. Sicherlich waren die Begabungen mit ungerechter Hand an ihn verteilt worden. Beim Roulette, dem Rösslispiel und beim Rouge et noir hatte er nur wenig Glück. Es war ein Jammer! Alle zwei Wochen fuhr er nach Nizza, manchmal mit dem Weinküfer Dosso und der Baronin aus dem Hotel, allesamt krankhafte Spieler, und kehrte pleite, aber mit großer Klappe zurück.

Als ich in Vence eintraf, war er gerade wieder unterwegs. Die Mimosenbäume waren wunderschön, ihre gelben Blütenstände glichen durch ein Sieb gedrückten harten Eidottern. Die Mispelbäume waren abgeerntet; ich hätte wissen müssen, was mich erwartete, wenn mein Onkel in der Nähe reifer Früchte war.

Ich stemmte das hintere Fenster auf und kroch in das Geschäft.

Es herrschte Stille im Tempel von Nougat Masséna – einer riesigen Krypta, staubweiß vor Stärkemehl, die Deckenbalken verhängt mit verschneiten schneeweißen Spinnweben, groß wie Segel, hartnäckig und besenresistent, als seien sie aus Silber – so schwebten sie über den Regalen wie der Stoffbehang über einem Katafalk.

In der kaum zu durchdringenden Dunkelheit, in der absoluten Stille – nur die Tauben auf den Dachpfannen waren zu hören – wiesen die olfaktorischen Nerven den einzigen Weg zu den Sinnen. Es duftete nach Zitronen, Mandeln, Honig, Ratafia-Likör, Pistazien, Aprikosen, Kirschwasser und Vanille, subtil und doch überwältigend, kein Wohlgeruch überdeckte den anderen; exotisch und doch schlicht und vertraut, wie der Anblick eines auf duftendem Farn tanzenden Ouled-Nail-Mädchens.

Im zweiten, mit Steinplatten ausgelegten Raum befanden sich ein in die Wand eingelassener Ofen, Tisch und Stühle sowie ein großes, unordentliches Bett.

Ich lehnte mich aus dem vorderen Fenster. Vor Dossos Werkstatt bearbeitete ein Lehrling Ringe mit einem Hammer. Weiter unten standen die Gendarmen vor ihrem Büro, zwirbelten ihre Schnurrbärte und unterhielten sich mit der ungeheuren Wichtigkeit von Gendarmen eines Dorfes, in dem nie etwas geschah. Am anderen Ende der Straße war das Hotel.

Vence war nun ziemlich ausgestorben, da mein Onkel, der Weinküfer Dosso und die Baronin fort waren. Die beiden Männer waren Zwillinge in ihrer Leibesfülle, ihrem Überschwang und ihrer Verdauungsleistung. Die Baronin, eine englische Lady, war ihr Glücksbringer, ihr Maskottchen im Kasino. Sie war eine rotgesichtige, dralle Dame, die mindestens dreihundert Pfund auf die Waage brachte und das fröhlichste Lachen in ganz Vence hatte. Ihr Einkommen war gering, kaum genug, um die durchschnittliche britische Jungfer mit Tee und Kümmelbrötchen zu ernähren. Sie verdiente sich etwas hinzu, indem sie Klippen und Bäume malte, die Farbe mit Daumen und

Spachtel auf die Leinwand klatschte. »*Pointillisme – c'est de la boue!*« Es war wirklich Schund, aber das Zeug verkaufte sich glänzend.

Zweimal im Monat putzte sie sich heraus und warf sich in ihre Roben – jene gepflegten Relikte ihres einstigen Wohlstands –, setzte sich ein Strassdiadem auf den Kopf und fuhr hinunter nach Nizza ins Kasino. Wenn die Baronin Bakkarat spielte, ging es um alles oder nichts.

Manchmal versetzte sie ihr Diadem beim Pfandleiher, doch ihre Rückkehr nach Vence feierte sie stets mit dem immer gleichen Gastmahl. Sie, die verlorene Tochter, gönnte sich einen Teller mit Seebarben, dann in Sahne gekochte Champignons, ein Waldhuhn in Orangensauce und gefüllte Artischockenherzen à la Mornay, einen Salat mit Kräutern, dann einen Flan oder eine Grand-Marnier-Eisbombe und abschließend Ventadour-Käse und einen Teller Kirschen. Darauf folgte stets Burgunder, zwei Flaschen, und ein Glas Armagnac, um den Magen zu verschließen.

Ihre Scherze und ihr donnerndes Lachen fegten durch die Räume wie der Mistral. Die Wirtin und die Angestellten liebten die Baronin. Diese unförmige, mit dem Diadem gekrönte Körpermasse verlieh dem Hotel Glanz und war nach dem Nougat der zweitgrößte Stolz der Stadt.

Erst wenn der letzte Tropfen Armagnac getrunken war und die Augen der Lady glasig wurden, hielt sie sich eine Zigarette an die Lippen. Das war ihr Ritual. Wie ein wahrer Gourmet misstraute sie dem Tabak. Sie rauchte nur zur Buße und um jegliche Völlerei bei Tisch im Ansatz zu ersticken. Nach drei, vier Zügen knickte ihr üppiger Unterarm wie ein Sack voll zähflüssigen Fetts am bereiften Armgelenk grazil ab und fiel auf den Tisch: Die Baronin war eingeschlafen.

Das war das Signal für die Wirtin, die Straße hinunterzurufen: »M'sieu Abel! M'sieu Dosso!«

Und das wiederum brachte den Küfer und meinen Onkel auf Trab, die die Baronin nach oben auf ihr Zimmer tragen mussten.

Wenn Dosso betrunken war oder im Gasthaus Karten spielte und mein Onkel vor seinem kochenden Sirup stand, die Augen auf das Thermometer geheftet, holte man woanders Hilfe. Mit großer Ruhe tauchten dann die kleinen Gendarmen auf, ohne Hut, und holten tief Luft, um Kraft für die vor ihnen liegende Aufgabe zu sammeln.

Sie mussten geschickt zu Werke gehen, um sich mit der Baronin auf den Schultern aufrichten und die Treppe hinauftasten zu können. Unter der riesigen, in schwarze Seide gehüllten Masse, formlos wie eine Wolke, war von den Männern nichts zu sehen außer ihren zitternden Beinen, die immer kurz davor zu stehen schienen, wie Pfeifenstiele einzuknicken. Welch große Erleichterung war es für die Zuschauer im Korridor, wenn die Prozession wie ein vierbeiniges Ungeheuer in den vorderen Raum schwankte und ein dumpfes Geräusch verkündete, dass die Baronin endlich auf ihrem Bett lag.

Abgekämpft, aber erfolgreich stiegen die Gendarmen wieder nach unten und bekamen jeder ein Glas *marc* für ihre Anstrengung. Das tranken wir – ich bekam etwas für das Tragen des Diadems – am verlassenen Tisch: Männer mit dem Privileg, der zweitberühmtesten Person von Vence zu Diensten sein zu dürfen.

»He! Was ist das für ein Käse?«, murmelte der ältere Gendarm und probierte ihn auf einem Cracker. »Ventadour?«

»Nein, nicht ganz.« Die Augen der Madame waren hell vor Sorge. »Das ist Tomme de Savoie, in Brandy gereift. Oh, wenn sie das erfährt, werde ich mir etwas anhören dürfen!«

Stattdessen durfte die Wirtin sich nichts als Lob anhören. Die Baronin hatte ein großes, freigiebiges Herz, und ihre Freundlichkeit war grenzenlos. Ich bin ihr dankbar. Sie bestand darauf, mit mir Englisch zu sprechen.

Es war stockduster, ein heftiger Wind schlug auf die Dächer, es regnete in Strömen. Mein Onkel kam als Erster hereingestürzt, durchnässt und durchgepustet, hatte aber noch genug Luft, um mich stürmisch zu begrüßen. Der tapfere Dosso, fast nicht wiederzuerkennen in Mantel und Krawatte – das Kasino verlangte höchste Eleganz –, gab mir die Hand, dann reichte mir die majestätische Baronin die Hand zu einem Kuss.

»Keinen einzigen Soldo übrig!«, brüllte mein Onkel. »Eine großartige Nacht! Was, Dosso?«

»Unglaublich!«

Sie warfen ihre Mäntel beiseite. Wir machten Feuer, zogen Stühle heran und gönnten uns eine Runde kräftigen Rotweins aus Nizza.

»Ich habe die beiden zum Essen eingeladen«, sagte mein Onkel. »Was haben wir da?«

Er spähte in den Vorratsschrank, in den Fliegenschrank draußen neben der Hintertür, in verstaubte Säcke unter der Spüle: nichts außer einem Laib Brot und einem halben Liter Kalbsbrühe in einer Kasserolle! Stöhnend streckte sich Dosso auf seinem Stuhl aus und schlug sich auf den Oberschenkel. Die Baronin lächelte trotz ihres Hungers mit schwacher, doch unbezwungener Hoffnung.

»Mit den entsprechenden Mitteln – Hühnchen oder Ähnlichem – kann jeder eine Mahlzeit bereiten. Aber aus nichts – ah, schaut mir zu! Ich glaube, ich habe hier noch etwas *pâté*«, sagte mein Onkel.

Er ging in die Grotte und suchte im Schatten unserer Gestalten nach etwas Essbarem. Der Nougat duftete noch immer schwer, noch immer berückend. Mein Onkel drückte Würfel aus den Formen, Ratafia-Nougat, edle Kostproben seiner Handwerkskunst, überzogen von einem pfirsichähnlichen Pelz.

»Probiert mal!«

»Perfekt!«

»Hier. Probiert mal die Pistazien!«

»Großartig!«

»Mustafas Beste.« Mein Onkel zerrieb eine Pistazie auf seinem Handteller und hielt sie Dosso unter die Nase. »Ölig und grün. Ein schwacher Hauch von Terebinthe.«

»Hinweg damit!«, rief Dosso. »Dieses Gift!«

Die Baronin schnupperte leicht daran und fand den Geruch angenehm. Lautstark begann mein Onkel seine Pistazien zu preisen.

Was sollten Dosso und die Baronin, durchnässt und ausgehungert, mit irgendeinem Duft anfangen? Für ein dickes Stück Fleisch hätten sie Mustafa mitsamt seinem Obstgarten verkauft, und Ägypten gleich dazu!

Ich schnallte meinen Gürtel enger, ließ diese Tragikomödie hinter mir und flitzte durch den Regen zum Lebensmittelhändler. Die Fensterläden waren geschlossen. Das Hotel war eine schwarze Gruft. Ein Café hatte geöffnet, und nach inständigem Bitten konnte ich ein Stück Leberpastete, einen Salat und zwei schrumpelige Mandarinen kaufen.

Als ich über das Kopfsteinpflaster zurückeilte und der Wind mir den Atem nahm, stürmte eine ganze Batterie von Gänsen die schmale Gasse hinauf. Gejagt vom Wind, waren sie schlechter Laune und kreischten wie von Sinnen – eine verirrte Herde, wohl aus Ventadour oder Sospel. Da konnte man ebenso gut auf eine Horde Straßenräuber treffen! Ich drückte mich flach wie eine Briefmarke in einen Torweg und ließ sie vorbeiziehen, schimpfend die Köpfe vorgereckt und mit den Flügeln schlagend, ein Tohuwabohu taumelnder Bowlingfiguren. Es waren zweihundert, mindestens, ich zählte sie im schwachen Licht der Straßenlaternen, während mir der Regen literweise den Rücken herunterlief.

Ich witterte meine Chance und wollte weitereilen, da erspähte mich die Nachhut. Gänse mögen sich verirren, dumm sind sie jedoch nicht. Sie verabscheuen Unannehmlichkeiten, sind so eitel wie Pfauen oder Schwäne und ziehen eine warme Bleibe dem peitschenden Wind vor. Der Schwarm griff mich auf Taillenhöhe an, malträtierte mich mit Schnäbeln und Flügeln so hart wie Fensterläden, denn die Vögel sahen in mir die Ursache für ihr Ungemach. Ich kämpfte mich zur Haustür meines Onkels durch und schlüpfte hinein. Abel spähte nach draußen und staunte angesichts dieser Lawine weißer Federn.

»Den Haken! Den Haken – Himmel noch mal!«

Er schleuderte den Kesselhaken in die Dunkelheit und zog eine um sich schlagende, fette Harpyie von Gans herein, größer als ein Kondor. Als sie sich beruhigte, wurde sie in Dossos Arme gedrückt; er stand da, lachte schallend und tätschelte ihre Brust. Dann packte er sie, ließ ein kurzes Messer aufblitzen, und in kürzester Zeit wurde alles Essbare von den Knochen abgetrennt. Es wanderte in einen Kupfertopf und dann in den Ofen, wo Dosso ein prasselndes Feuer entfacht hatte.

»*Croustades*, Abel – eh?«

Mein Onkel formte und buk vier kleine tiefe Schalen aus Blätterteig. Die Baronin las den Salat und schlug eine Soße aus zähem Öl und saurem Aprikosensaft. Im heißen Ofen, unserer persönlichen Hölle, knackte die Gans unter dem mit Löffeln aufgetragenen Sud aus Wein, Kräutern, Gewürzen und Mandarinensaft. Meine Aufgabe war es, die Marinade auf die glasierte Brust zu träufeln.

Hungrig und durch die Gerüche zurückversetzt in ein kleines Speiselokal am Strand von Valencia, das für seine gebratenen Hühner und Saucen berühmt war, gab ich wie in Trance ein großzügiges Stück Zartbitterschokolade hinzu. Auch an Bord der *Piccolo* hatte ich schließlich das eine oder andere gelernt! Ich ließ einen Krug Kalbsfond mit der Marinade, der Mandarinenschale, einer Knoblauchzwiebel und einer Prise Koriander einkochen und band die Sauce mit Mehl.

»*Gaudeamus igitur…*«, dröhnte die Stimme meines Onkels voller Kraft und Pracht unter den Dachsparren. Er trug ein violettes Hemd mit Armbinden aus rüschenbesetzten Borten, einen gelben Gürtel und noch gelbere

Schuhe; vom Gesicht und vom Körperumfang her glich er Dumas.

Teller klapperten auf dem gelaugten Pinientisch; Wein gurgelte in den Gläsern. Ich legte kleine Stücke des Geflügelfleischs in die *croustades,* bedeckte sie mit meiner Sauce und stellte eine Portion vor jeden Gast.

Die Busfahrt, das Kasino und das Kochen hatten uns alle so lange vom Essen abgehalten, dass wir unersättlich waren. Dosso nahm den ersten Bissen.

»Ah!«

Es war ein Ruf, wie er sich einer alten Bauersfrau beim Anblick ihres ersten Feuerwerks entringen mochte, beim Anblick eines fernen Feuerballs, aus dem ein wunderbarer Sternenregen sprudelt, so hoch, wie es nur ging, im samtigen Himmel.

Wir aßen ohne Unterbrechung, mit verzeihlicher Gier, und schwiegen. Zu hören waren nur das geräuschvolle Kauen der mastiffartigen Kiefer von Dosso und das Klingeln der Ringe, wenn die Baronin ihr Weinglas umfasste. Es war das typische Schweigen der Feinschmecker.

Oft geraten die Sinne in einen Wettstreit und stehen sich gegenseitig im Weg, und je besser sie geschult sind, desto eifersüchtiger sind sie aufeinander. Ein Gespräch, wie geistreich und kurzweilig auch immer, wäre fehl am Platz gewesen. Montaigne spricht von der schlechten Angewohnheit berühmter wie einfacher Männer, sich Dichter oder Sänger an den Tisch zu laden, während Menschen von Begriff und Verstand solche rustikalen Zerstreuungen ablehnen. Alkibiades, selbst äußerst geschickt im Unterhalten anderer, untersagte am Ort eines Gastmahls selbst den fernen Klang einer Flöte.

Die Baronin speiste mit halb geschlossenen Lidern, gleich einer Taube im Flug, und ließ die *croustade* zwischen ihren vortrefflichen Zähnen zersplittern. Sie tupfte Brotstücke in die Sauce und schob sie sich in völliger Versunkenheit triefend in den Mund, als lausche sie der Orchestrierung von Aromen, die vom Schallkörper ihres Gaumens widerhallten.

Die Sauce rief Erinnerungen wach, die sie in ihre Kindheit zurückführten: die im Sonnenlicht gleißenden Weinberge an der Rhône, die Provence mit ihrem »knoblauchduftenden Lächeln«, die Speisekammer in der Küche ihrer Eltern mit den aufgereihten Kräuterdosen, dem trocken raschelnden Koriander, der an Ägypten gemahnte wie die Flöten in *Aida,* der Mandarinenschale mit ihrer königlichen Säure und ihrem Duft, mit Butter und Schnittlauch, die eine stechend riechende Kuhwiese und einen moosgrün eingefriedeten Garten am Ufer des Mittelmeers heraufbeschworen, wo die Baronin als Kind in ihrem Kittel Muscheln gesammelt hatte.

Als der Vogel vertilgt war, schoben wir unsere Teller beiseite. Der Salat schloss die Lücke zum Wein, das Öl klärte die Zunge, der Aprikosensaft neutralisierte die Geschmacksknospen. Dann tranken wir Wein.

Mein Onkel trank genau drei Mal bei jedem Essen: vorher, zwischendurch und nachher. Jedes Mal eine ganze Flasche. Wenn er versehentlich die Grenze überschritt, gönnte er sich – um nach dem Gesetz des Demokrit (von dem er mit Sicherheit noch nie gehört hatte) die Unglückszahl vier zu meiden – gar fünf oder sechs Flaschen, falls er in angenehmer Gesellschaft war.

Inbrünstig schaute Dosso zur Decke.

»Abel, vielleicht ein kleiner Kaffee, hm?«

Er zerstampfte Orangenschale, Kräuter und Zucker in einer Schale, gab Cognac hinzu und setzte die Flüssigkeit in Brand. Mein Onkel löschte sie mit pechschwarzem Kaffee, dann schöpften sie ihn in die Tassen. Alle vier zündeten wir uns Zigarrenstumpen an, denn unsere Stimmung war zu tiefgründig für triviale Zigaretten. Die Baronin schien eingeschlafen zu sein, doch ihre Finger waren noch wach und schoben geschickt die Banderole von der Zigarre. Das Gespräch versickerte zu einem trägen Rinnsal, angenehm fürs Ohr und gewinnbringend für den Geist.

»Montag«, sagte Dosso, »wird ein Jungbulle aus Ventadour geschlachtet, der in der Heide stand. Ich besorge jedem von euch ein Steak, das so groß ist wie dieser Tisch.« Er streckte die Faust aus. »Und so dick. Wir grillen es in einem Mantel aus Steinsalz, das wir mit dem Hammer abklopfen. Bei mir zu Hause.«

Alle Augen glänzten in der satten Dunkelheit. Wenn der Körper auch dumpf wurde, der Kopf war doch noch klar genug, um die pure Ästhetik dieser Vorstellung zu genießen.

»Diese Gans«, schnaufte mein Onkel plötzlich, »ich weiß nicht, wem sie gehörte. Das erfahre ich morgen früh von den Gendarmen. So fett, wie sie war, könnte sie von Mère Peyrault aus Sospel sein. Ich schicke ihr eine Schachtel Nougat. Zwei Schachteln.«

»Drei«, murmelte Dosso. »Gänse sind teurer geworden, glaube ich. Oder billiger. Ich weiß es nicht.«

Die Baronin faltete ihre juwelenberingten Finger in ihrem Schoß und sprach mit bedächtiger Autorität. Mit jedem neuen Zug an der Zigarre lösten sich Wörter aus ihrem Mund.

»Diese Mandarinen...«, sagte sie. »Wo sonst könnten sie reifen, wenn nicht im Midi mit seinen heißen Nachmittagen? Sie haben mir sehr gefallen. Enorm. Am liebsten mag ich die Mandarinen aus der Gegend von Hyères.

Ich war dort einmal vor langer Zeit im Sommer und bestellte Suppe in diesem kleinen Restaurant mit den Palmen davor. Plötzlich merkte ich, dass die Suppe nicht mehr dieselbe war, nach zehn Jahren. Ich rief den Inhaber zu mir.

›Herzlichen Glückwunsch‹, sagte ich zu ihm. ›Sie haben eine neue Köchin. Die Frau ist eine Künstlerin. So ein herrlicher, ätherischer Geschmack von... sind das vielleicht Zitronen?‹

›Aber nein, Madame‹, entgegnete er, ›es ist dieselbe Köchin und dieselbe Suppe, das versichere ich Ihnen. Aber vielen Dank für das Kompliment.‹ Er verbeugte sich und ging.«

»Vielleicht war die Madame la Baronne mal wieder verliebt«, rief mein Onkel.

»Damals nicht«, widersprach die Baronin schläfrig und gelassen. »Ich hatte all meine Sinne beisammen. Ich schaute mich um. Und am Nebentisch saß der Bürgermeister, las Zeitung und aß seinen Nachtisch. Mandarinen. Kleine Früchte, die er nacheinander aufriss und vollständig vertilgte, mit Haut und allem. Dieser Genießer! Beim Schälen versprühten sie ihr Öl wie feinen Dunst. Ein ebenso flüchtiger Extrakt wie Äther. Der Duft stieg zu seinem Schnurrbart auf, in dem sich das Band seines Kneifers verfing, aromatisierte die Luft und damit auch meine *potage*.«

»Das hat der mit Absicht getan«, brummte Dosso. »Er war in Sie verliebt und wollte Ihnen eine Freude machen.«

»Wie dem auch sei«, fuhr die Baronin fort, »ich habe mir angewöhnt, keine Suppe mehr zu essen, ohne mit dem Daumen zuvor über eine Mandarine gerieben zu haben.«

Mit seinem dicken Bauch watschelte mein Onkel los, um die Korbflasche zu holen. Darin war ein schlichter, urwüchsiger Wein, ehrlich wie Sonnenlicht und mit ebenso wenig Dünkel wie er selbst.

Von meinem Onkel lernte ich, dass über Wein viel Unsinn im Umlauf ist. Man sollte nicht nur über Wein reden oder ihn lediglich verkaufen, die *littérateurs* sollten mit ihm nicht Neid oder Entsetzen hervorrufen, indem sie eine Litanei fremder, hochgestochener Bezeichnungen herunterrattern, nein, Wein ist etwas, das man sich durch die Kehle rinnen lassen und mit so wenig Aufhebens wie möglich genießen sollte, als hätte man ihn voll und ganz verdient. Und der beste Wein ist immer der, der auf dem eigenen Weinberg oder auf dem des Nachbarn wächst, das Blut der eigenen Erde.

Wein sollte man nicht ablehnen wie ein ungewolltes Kind. Reisen verdirbt den Wein ebenso wie den Menschen. Er verliert dadurch etwas von seiner angeborenen Tugend, seiner Schönheit und Verwurzelung. Wie der Mensch auch ist Wein ein Lebewesen und gehört dorthin, woher er stammt.

»Drei Pfund Nougat«, wiederholte mein Onkel. »Das war die Gans wert.«

»Vier«, sagte Dosso und wischte sich ein Rinnsal Wein vom Kinn.

Die Baronin wachte auf und tastete nach ihrer Zigarre. Sie betrachtete mich mit einem schwachen Lächeln in ihrem schönen, verträumten Gesicht und nickte zweimal nachdrücklich, als hätte sie die ganze Zeit nicht geschlafen, sondern nachgedacht.

»Das«, sagte sie, »war eine Sauce sicilienne, nicht wahr?«

»Ja, Madame.«

»Sie war tadellos. Sie brachte die Qualität des gebratenen Vogels außerordentlich gut zur Geltung, der an sich schon perfekt war.«

Ich war überwältigt. Nie zuvor hatte Madame la Baronne, soweit uns bekannt, eine Speise gelobt, wie sehr sie ihr auch gemundet hatte.

»Du musst in die großen Küchen und eine Ausbildung zum *Chef de Cuisine* beginnen. Ich schreibe dir Empfehlungen.«

»Aber die *Piccolo* wartet.«

Da sagte mein Onkel: »Vergiss die *Piccolo!*«

Das Schicksal selbst hatte gesprochen, und zwar mit unmissverständlicher Endgültigkeit.

»Das feiern wir am Montag mit Steaks«, sagte Dosso.

Mein Onkel nickte. »Sie war doch vier Pfund Nougat wert«, sagte er.

2

Der Herr im oberen Stockwerk

Das Faisan d'Or war früher ein kleines Kloster gewesen, danach das Wohnhaus eines Silberschmieds, anschließend eine Akademie des Militärs. Seine Salons weckten Erinnerungen an Versailles. Die Küche war eindrucksvoll: ein großer Altarraum, dessen Granitwände mit dem Schmutz von zehntausend herrschaftlichen Festmahlen überzogen waren, der Gang ein Tunnel aus bläulichem Dunst, durch den sich Köche und Lehrlinge bewegten wie Ministranten und Mesner. Von den Herden, Kohlegrills und den aufgereihten Kupfertöpfen, glänzend blank wie Altargefäße, zogen Düfte in die verrußte Belüftungsklappe über den Köpfen.

Hier hatten große Köche viele Jahrzehnte lang mit wachsendem Ansehen ihre Kunst ausgeübt, bis sie sich aus einer Laune heraus mit fünfundsiebzig oder achtzig zur Ruhe setzten. Das Alter spielt keine große Rolle bei Menschen, die inmitten von Prunk in den zeitlosen Gedenkstätten der Ewigkeit leben. Die kirchengleiche Umgebung ist dem Leben zuträglich. Diese Küche war schon alt, als Katharina von Medici mit ihrem Gefolge von Köchen nach Paris kam – Spezialisten des Backens, Winzer und Architekten von Zuckerwerk –, eine ebenso epochale Invasion wie der Einfall der Normannen in England oder der Moguln in Delhi. Im Rückblick gibt es nur sehr wenige Invasionen, die von klugen Köpfen bedauert werden, vorausgesetzt, es wird nichts zerstört. Katharina zerstörte nichts. Ihre Köche wirkten wie Katalysatoren. Sofort trieb die französische Küche auf einer durchaus vorhandenen edlen kulturellen Basis Blüten.

Hier, im Faisan d'Or, war Richelieu zu Besuch gewesen, um sich anzusehen, wie eine Mayonnaise geschlagen wurde. Drüben vor dem hohen getönten Erkerfenster hatte der nachdenkliche Vatel gestanden, die Hand vor der Stirn, und meditiert, bevor er einer entzückten Welt seine Sauce vorstellte, die seither unter der Bezeichnung »Sauce Colbert« zu Steinbutt gegessen wird. Unter dem Geweih eines Hirschs hing ein Gemälde, nachgedunkelt wie unter einer dicken Glasur, von Béchamel, dem Erfinder der weißen Sauce, die seinen Namen trägt – eine der fortdauernden Erinnerungen an die eher bedeckt sonnige Herrschaft von Ludwig XIV.

Dies war das kulturelle Erbe, in das man mich schickte, um von dem Geschrei taub und in der Hitze der Herde gegart zu werden, während ich mit einem riesigen Paddel einen großen Topf umrührte. Tagelang tat ich nichts anderes, als zu rühren. Im Topf waren Gallonen von Brühe, die als Basis für eine Sauce espagnole stark reduziert werden musste. Wir waren vier Lehrlinge am Saucenposten unter der Aufsicht von Jules, einem kleinen Mann mit verwegen sitzender Mütze und einem gezwirbelten Schnauzer, der stets auf und ab lief wie ein Foxterrier. Auch wenn Jules nicht zur Hierarchie der Küchenchefs im Faisan d'Or gehörte, war er der Meister der Saucen und überwachte die Mitarbeiter an den Herden. Er erinnerte mich an einen Hund, der mir mal gehört hatte.

»Hallo«, sagte er beispielsweise und hielt inne. »Was war denn das gerade, hä?«

Dann schnüffelte er, tastete sich durch eine Melange von Gerüchen, als hangelte er sich an einem unsichtbaren Faden entlang, und entdeckte einen Topf, der wie ein Geysir vor sich hin brodelte.

»Brühe für Velouté, hm?« Er schnupperte erneut. »Etwas mehr Möhren, Kleiner. Eine Handvoll, das reicht.«

Dann trottete er weiter, drehte hier und dort an einem Gasregler, zog den Griff einer Pfanne herum, tauchte einen Finger in einen Topf und leckte ihn ab, um mit einem Nicken oder einem Grunzen sein Urteil zu fällen. Jules war liebenswert und gutherzig, ein kleiner Provenzale, in Paris so verloren und voller Heimweh, dass er abends fast nie ausging, höchstens um ungefähr einmal in der Woche mit Freunden in einem Café in der Rue de Bac zu plaudern. Er schlief auf einem Sofa im Büro und verbrachte dort auch seine Freizeit, las Zeitung, rauchte in Maßen und spielte Schach gegen sich selbst. Als Mitprovenzalen schloss er mich sofort ins Herz.

»Sieh mal hier!« Er schraubte eine Messingkartusche auf und hielt sie mir unter die Nase. Es war Safran mit einem derart stechenden Duft, dass meine Geruchsnerven versagten. »Riech mal! Riech das!«

»Sehr stark.« Mehr brachte ich nicht hervor.

»Und gut!« Jules verstaute seinen Schatz mit einem Augenzwinkern. »Aus meiner Heimat Saint-Rémy! Da gibt es nur einen Garten, wo so ein Safran wächst. Kein Sterbenswörtchen zu niemandem! Nicht mal zu Urbain!«

Niemand außer mir kannte den Kniff hinter dem edlen Geschmack seiner Sauce Jules auf der Grundlage von

Wildfond und Sauce espagnole, einer gelungenen Kombination aus Rotwein, Muskat, Thymian, bitteren Orangen und einem Hauch jenes versteckten Gartens in Saint-Rémy. Jules frohlockte über dieses Geheimnis, das ihm ganz allein gehörte und sein Quäntchen Egoismus nährte. Der kleine Provenzale hatte ein Problem mit dem Glück. Er besaß Elan, einen Geruchssinn von beeindruckender Klarheit, ein Repertoire von vierhundert Saucen und hundert Garnierungen, die er aus dem Effeff kombinieren konnte, ohne einen Blick in sein Rezeptbuch zu werfen, doch was ihm fehlte, war der politische Instinkt. Im Berufsleben ist es oft nicht der Könner, sondern der *arriviste,* der Drahtzieher, der den höchsten Posten bekleidet und zu größtem Reichtum gelangt. Jules war ein fanatischer Sammler von Kräutern – Süßdolde, Kalmus, Pimpernell, Kreuzkümmel vom Rhein –, die er draußen unter Vatels Fenster anpflanzte, dazu hundert weitere Kräuter, die in Kuverts in seinem Schrank lagerten. Feinschmecker wie der Bankier Melun-Perret oder der Duca di Valmonte profitierten von Jules' Manie.

Er war sentimental. Die Blüten in jener Messingkartusche hatten einen Duft freigesetzt, der Jules' gesamten Körper durchdrang wie Röntgenstrahlen. Am Ende meiner ersten Woche kannte ich dieses Aroma. Ein Knuffen in die Rippen, ein Schmunzeln, und ich wusste, dass Jules hinter mir stand.

»Pssst!« Dieses Zischen ging all seinen Bemerkungen voraus. »Ich glaube … doch, beim lieben Gott, ich mache einen Saucier aus dir!«

Und so rührte ich andächtig einen weiteren Monat den Topf mit dem Fond für die Espagnole, doch jetzt wusste ich, was er enthielt. Ich warf Brocken von Rindfleisch, Schinken und Kalbfleisch hinein, mit zerkleinerten Knochen braun gebraten, dann die Karkassen von Geflügel, Tomaten, weiße Rüben, Möhren, Lorbeerblätter, Pfeffer und Piment, dazu Sellerie, Thymian, Majoran und Bohnenkraut, Kerbel und eine kleine Prise Koriander aus Savoyen, eine Raffinesse von Jules. Das alles musste einen Tag lang köcheln. Nach der Zugabe von Sherry wurde die Sauce durch ein Haarsieb passiert. Und fertig war der Topf mit Sauce espagnole!

»*Voilà!*«, sagte Jules dann. »Ein Sprungbrett, der Ausgangspunkt aller Fantasien!«

Ähnlich erklärte immer der alte Dozent an der Kunstakademie von Beynac, der Schädel sei eine der Grundformen der Kunst. Wenn jemand den Schädel perfekt zeichnete oder modellierte, was musste der darüber hinaus noch lernen? Die ungezählten Gesichtsausdrücke des Porträtmalers mochte man nach Lust und Laune darüberlegen. Und dieser Topf war der Totenschädel unserer Küche.

Unter Jules' Anleitung wagte ich mich vom Topf mit Espagnole zu den Abwandlungen der braunen Grundsauce vor wie der Sauce Chevreuil, Tortue, genoise, Colbert, Béyrout und der wunderbaren Regency. Der gute Jules, wie geduldig er war! Wie klug in seinem Können! Seine sensorischen Fähigkeiten waren fehlerlos. Anhand des Geruchs eines Bratens in der Röhre konnte er sagen, wie lange er dort noch bleiben musste. Wenn Jules seine Hand in den Ofen hielt, konnte er durch den brennenden Schmerz am Rand seiner Fingernägel die Gradzahl mit der Genauigkeit eines Thermometers angeben.

Nachdem ich die Espagnole mit ihren Varianten ge-meistert hatte, zeigte man mir die Velouté und die Bécha-mel. Dann kam das Ende meiner dreimonatigen Probe-zeit, und ich wurde zu Monsieur Paul bestellt, dem *Chef de Cuisine*. Ich zitterte. Jules gab mir einen Klaps auf den Hinterkopf.

»Los!«, befahl er mir knapp.

Es war seine Hand, die mich durch die Tür ins Heilig-tum schob. Zum ersten Mal erblickte ich den berühmten, sagenhaften Paul Watier, Ritter der Ehrenlegion. Ich fühlte mich wie ein Ministrant im Angesicht des Papstes. Monsieur Paul begab sich nur selten in die Küche. Seine Augen und Ohren, ein telepathischer Sinn und die Ein-flüsterungen seiner Stellvertreter brachten ihm all das zur Kenntnis, was sich in der Außenwelt ereignete, so als sei die Wand zwischen seinem langen Mahagonischreib-tisch und der Batterie von Herden aus Glas.

»Gallois?«, fragte er mit seiner forschen, melodischen Stimme, einen Brief in den Händen.

»Ja, Monsieur.«

»Ah!«

Er warf mir einen kurzen Blick zu, nicht länger als eine Sekunde, dann drehte er den Kopf zur Seite, stützte das Kinn in die Hand und las den Brief noch einmal vol-ler Ehrfurcht.

Seine Kochhaube war außerordentlich hoch, weiß und gestärkt, zweifellos von der geschicktesten *blanchis-seuse* gebügelt. Das strahlende Weiß seiner Jacke und des adrett gebundenen Halstuchs unterstrich die Blässe sei-nes runden Gesichts mit den Grübchen und den Glanz seiner ruhigen braunen Augen. Es war das Gesicht eines

reinen Intellektuellen, doch die straff gespannte Unter-
lippe, wenn auch feucht und kirschrot, die Lippe eines
Gourmets, verkündete Entschlossenheit. Monsieur Paul
hatte die nervösen, fast zierlichen Hände eines Geigers,
und seine Haltung, aufrecht auf dem Stuhl, und seine
hochgezogene glatte Augenbraue erinnerten mich an das
Denkmal des Dichters Théodore de Banville in einer
schattigen Ecke der Rue Vaurigard. Monsieur Paul war
von großer Gelehrsamkeit in seinem Metier und bewan-
dert in der Kunst und den Klassikern. Zu seinen Talenten
gehörte ein hervorragender Gaumen, neugierig und doch
nüchtern und so präzise, dass er durch die Vielschichtig-
keit eines fremden Gerichts zur Absicht des Kochs vor-
dringen konnte, so geschwind wie ein Krummsäbel ins
Herz einer Melone.

Seine früheren Stellungen rechtfertigten seinen hohen
Posten, denn er hatte seine Lehre bei Prunier absolviert
und war von seinem Vater ausgebildet worden, einem
Maître d'hôtel im alten Restaurant Noël Peters, wo er vor
dem Französisch-Preußischen Krieg angefangen hatte,
als der Hummer à l'armoricaine erfunden wurde.

»Ich habe hier einen Brief von Madame la Baronne.
Offensichtlich eine Freundin von Monsieur Gustave Urbain, unserem Inhaber. Es ist eine Ehre, versichere ich
Ihnen. Madame genießt hohe Wertschätzung im Faisan
d'Or.«

»Monsieur, wenn Sie mir freundlicherweise die Bemerkung erlauben, so habe ich Madame schon oft voller
Bewunderung vom Faisan d'Or sprechen hören.«

Leichte Röte legte sich über die elfenbeinerne Blässe
seines Gesichts. Monsieur Paul war gerührt und zu-

tiefst dankbar. Er machte eine Handbewegung, als würde er das Kompliment für das Haus bescheiden zurückweisen.

»Das weiß das Faisan d'Or zu würdigen…« Und dann nannte er andere Feinschmecker erster Klasse – Ali Bab, Prosper Montagné, Cournonsky, Bichet-Lévy, Präsident der Réunion des Gastronomes, den wagemutigen jungen Paul Reboux und ein Dutzend weiterer Namen.

»Madame sagt…« Wieder raschelte der Brief, diese fünf lavendelfarbenen Blätter teuren Papiers, mit ungefähr zehn Wörtern pro Seite großzügig beschrieben. »… Madame sagt, Sie hätten etwas Besonderes geleistet … eine Sauce sicilienne, die offenbar großen Anklang bei ihr fand. In welchem Fall Sie von den Saucen als ausgelernt abgezogen werden. Sie werden nun zum Gemüse befördert, M'sieu!«

Er drückte auf einen Knopf an seinem Schreibtisch. Beim ersten Klingeln erschien Jules und klimperte mit den Augen.

»Ihr Schüler macht mit dem Gemüse weiter, Monsieur Jules. Auf Ihre Empfehlung hin und auf die von Madame la Baronne. Ich nehme an, Sie erinnern sich an die Dame.«

»Sehr gut, Monsieur.«

»Ich glaube, Madame war hier vor fünf … oder waren es sechs …«

»Wenn Sie gestatten, Monsieur, das war im Herbst jenes Jahres, als Monsieur Melun-Perret zu seinem gefüllten Rebhuhnschenkel einer Sauce à la Périgeux den Vorzug gab vor der Sauce Batalane. Das war vor vier Jahren, wenn Sie erlauben, Monsieur.«

Monsieur Paul neigte huldvoll die hohe Haube, dachte kurz nach und zog dann eine Kürbisflasche aus der Schublade seines Schreibtisches – einen kleinen, mit schlichten indianischen Mustern bemalten Behälter. Vorsichtig hielt er sich ihn ans Ohr und ließ ihn rasseln.

»Pfefferkörner, Monsieur Jules, aus Guatemala. Gerade rechtzeitig eingetroffen. Ich meine doch, Monsieur Melun-Perret speist heute bei uns, und zwar ein Schneehuhn, nicht wahr? Sehr gut! Der Maître d'hôtel wird die Körner direkt an seinem Tisch mahlen.«

Jules verbeugte sich mit einem leisen Laut der Freude. Monsieur Paul lächelte schwach und fuhr fort: »Ja genau, heute Schneehuhn, à la Duchesse, glasiert.« Ein Anflug von Tadel oder auch eine versteckte Anspielung stahl sich in seine Stimme, und seine großen braunen Augen ruhten nachsichtig auf Jules, als er leise hinzufügte: »Es ist Jahre her, buchstäblich *Jahre,* dass ich ein Schneehuhn gekostet habe.«

»Zum Geflügel servieren wir Monsieur Melun-Perret grüne Bohnen und Pommes Sarah Bernhardt«, sagte Jules unerschütterlich. »Und einen Chambertin, 1911.«

Jules öffnete die Kürbisflasche, rollte ein Pfefferkorn zwischen Daumen und Zeigefinger und atmete das Aroma ein. Seine Augenlider flatterten. »Gut«, urteilte er und verließ den Raum mit einer Verbeugung.

Monsieur Paul rieb sich energisch das Kinn und betastete vorsichtig seine unglaublich hohe Kochhaube, damit sie ihm nicht vom Kopf fiel.

»Gallois«, sagte er. »Sie sind angenommen. Und jetzt ein, zwei Sätze, junger Mann, die ich Ihnen mit auf den Weg geben möchte. Sie haben sich auf eine Kunst eingelassen, die von ihren Vertretern höchste Sorgfalt, unablässiges Üben, eine große Portion Denkvermögen und das glücklichste Zusammenspiel von Auge und Hand fordert.«

Streng schaute er mich an, und ich versuchte, trotz meines zugeschnürten Halses nicht zu schlucken wie ein Bauerntrampel.

»Sie werden nun beim Gemüse aufgenommen, Gallois. Dann werden Sie zum Fisch befördert. Ich gratuliere Ihnen schon im Voraus: Fisch ist etwas Ursprüngliches, eine Herausforderung für den Künstler. Anaximander, der gelehrte Grieche, behauptet, der Mensch stamme vom Fisch ab – und doch gelingt es nur wenigen von uns, so weit aufzusteigen, dass sie würdevoll mit diesem interessanten Tier umzugehen wissen! Und es ist niemandem erlaubt, Gallois, der nicht durch das Vorzimmer des Meistersauciers gegangen ist. Sauce Matelote, vénétienne, allemande zum Karpfen, à la Turque, Horly, Cardinal, Aurora, portugaise für Flunder, Scholle und so weiter. Und vergessen Sie nicht!« Er hob den Finger. »Im Faisan d'Or gilt immer strengste Nüchternheit und Pünktlichkeit!«

Ich kehrte in die Küche zurück. Drei Dutzend Gesichter drehten sich wie Monde zu mir um. Selbst die Küchenjungen hielten inne, zogen die tropfenden Hände aus dem Seifenwasser. Stolz führte mich Jules an meinen neuen Platz. Er stellte mich dem adretten, schweigsamen Guido vor, dem Gemüsekoch.

»Das ist Monsieur Gallois, der dir helfen wird. Ein Freund von Monsieur Urbain.« (Das stimmte nur in einem einseitigen, brieflichen Sinne, da die Baronin an den Inhaber des Restaurants geschrieben, ich ihn jedoch noch nie gesehen hatte.) »Und ein Freund von Madame la Baronne.«

Guido biss in einen Spargel und zuckte mit den Schultern.

»*Quella grande bagascia!* Diese alte Hure!«

»Aber sie hat Geschmack«, gab Jules zurück.

Jules bereitete das Menü zu. Die Köstlichkeiten für Monsieur Melun-Perret waren »*de qualité et de choix*«. Er werde allein zu Abend essen; er wünsche keine Ablenkung. Melun-Perret saß bereits im Salon Louis XIV. mit dem dicken chinesischen Teppich, dem Gobelin, den beiden Fragonards und dem Corot an den Wänden und nippte an seinem Amontillado. Urbain persönlich hatte für den Rahmen gesorgt. Er behandelte Monsieur Melun-Perret und dessen Bauch, einen der Stützpfeiler des Faisan d'Or, mit großem, wenn auch beklommenem Respekt. Selbst die Berge, sagt ein persisches Sprichwort, haben Angst vor einem reichen Mann.

Unter dem Tisch stand ein Hocker für die gichtkranken Füße des Monsieur. Die geruchlosen Dijon-Rosen in einer Schale waren taubenetzt. Im Kamin brannte ein Feuer aus Kiefernzapfen. Auf dem Büfett stand die entkorkte Magnumflasche Chambertin, rubinrot glühend, und atmete nach der Kühle und langen Ruhezeit im Keller ihre Seele in die weiche Wärme des Raumes. In der Luft lag das ätherische Bouquet von Pfirsichen und Veilchen. Neben der Tür ruhte in einem Drahtgeflecht eine Flasche Rauenthaler, weiß wie ein Eisbär, auf einem zerstoßenen Berg Eis.

Und dann war da noch Pierre. Pierre war der hässlichste Kellner im Faisan d'Or und der beste in ganz Paris. Er glich einer Karikatur von Honoré Daumier: untersetzte Statur, helle, hervorquellende Augen, Warzen und den in den Nacken gelegten kahlen Kopf einer Kröte. Es war hypnotisierend, ihm dabei zuzusehen, wie er Brot, Butter und Silberbesteck aus dem Nichts hervorzauberte. Pierre bannte jeden mit seiner Kunst, als fließe ein Elixier der Anmut durch seine Adern. Essen und Wein behandelte er mit großer Ehrfurcht. Wie Paracelsus wusste er, dass wer auch nur eine Brotkruste isst, mit den Elementen des ganzen Sternenhimmels verbunden ist.

Nein, für Melun-Perret gab es keinen anderen Kellner als Pierre und keinen anderen Koch als Jules. Seit zwanzig Jahren kümmerten sie sich um ihn.

Das Diner war perfekt. Es wurde spät serviert, da Melun-Perret sich mit einem Opernbesuch darauf eingestimmt hatte. Ich half Jules. Wir schickten die Consommé hinauf. Dann einen gebratenen Hecht à la Genoise.

Darauf folgten zwei Langusten aus einer kleinen Bucht in Devonshire. Jules hatte sie gekocht, das Fleisch aufgeschnitten und es in eine schwere Velouté mit gemahlener Koralle, einem Löffel Fleischextrakt, Gewürzen, Schnittlauch, Sherry und einer halben Tasse geriebenem Parmesan und gehobeltem Trüffel gegeben. Es war der echte schwarze Trüffel mit der weißen Äderung. Diese Mischung füllte Jules in Muscheln, buk sie eine Weile im Ofen und gab dann Butterbrösel darüber, die er unter einem glühendroten Salamander überbräunte.

Schließlich wurde ein Grand-Marnier-Soufflé in den Ofen geschoben. Jules sprach zum ersten Mal.

»Ich bin heute der Gast von Monsieur und bitte dich, mir die Ehre zu erweisen und mit mir zu speisen.«

Pierre, der die ganze Zeit die Treppen hinauf- und hinuntergehastet war, geleitete uns zu einem Tisch in einer kleinen Laube. Er brachte uns die Consommé, dann in angemessenem Abstand den Hecht und die Languste. Unsere Menüfolge näherte sich zeitlich dem oberen Stockwerk an. Ebenso der Weingenuss; unser Teil vom Chambertin und den weiteren Flaschen gelangte in einer silbernen Karaffe nach unten. Pierre war an zwei Orten gleichzeitig.

Jules hatte die Schneehühner in einer kupfernen Kasserolle gebraten und sie in der ersten halben Stunde mit Weinblättern abgedeckt. Die Haut sah aus wie braun glasiertes Papier. Dazu gab es Bread Sauce, eine schlichte Bratensauce, und einen Teller mit flämischem Spargel. Pierre tranchierte das Fleisch und bediente den Monsieur oben und die beiden Herren in der Laube.

Er kam hereingeschlichen und rieb sich die Hände.

»Er ist entzückt. Und er bittet euch, dem zweiten Braten besondere Aufmerksamkeit zu schenken.«

Pierre richtete den Salat an. Er benetzte Römischen Salat und Kresse mit einem zur Emulsion gekühlten Walnussöl und wendete ihn mit einem Holzbesteck, sodass sich die Druckstellen in dunklen Adern auf dem Grün zeigten. Darauf gab er Weinessig und den Saft von jungen Weintrauben für die Säure und würzte mit Schalotten, Pfeffer und Salz, ein wenig Sardellenpaste und einem Quäntchen Senf. Im Faisan d'Or ging der Salat eine enge Bindung mit dem Braten ein.

Pierre selbst aß nur Brot. Beim Servieren edelster

Speisen blieb er stets unbeteiligt. Er vertilgte große Mengen harten Brots, und nicht das geringste Malmen der Kiefernmuskeln verriet ihn, lediglich am minimalen Zucken des Adamsapfels sah man, wenn er es herunterschluckte. Hingegen gelang es ihm, insgeheim Unmengen von Brandy herunterzukippen. Er war ein Trinker, und er war jetzt sehr betrunken, was jedoch nur Jules an der Blässe von Pierres Daumennägeln bemerkte, wenn er die Teller abräumte. Er kam mit zwei Trüffeln von je einem Viertelpfund herein, die in aschebedeckten Servietten dampften.

»*Truffes sous la cendre!*«, sagte Jules mit gespielter Überraschung und lehnte sich auf seinem Stuhl zurück. »*Fi donc, le coquin!*«, murmelte er und führte das Glas an seine Lippen.

»Nicht?«, fragte Pierre.

»Nein, nicht nach dem Schneehuhn. In den Ascheeimer mit ihnen.«

»Wie Sie wünschen, Monsieur Jules.«

Ich konnte das natürlich verstehen. Für einen Gourmand waren die Trüffel legitim. Jules hingegen wollte die Erinnerung an das Schneehuhn wachhalten. Es stammte aus dem Moor auf den kühlen Hebriden, wo es sich an Stechginsterknospen und Myrtensprösslingen gütlich getan hatte. Sein tagaktives Leben war schon ein Wunder in Anbetracht der über ihm kreisenden Adler.

»Monsieur lobt das Soufflé. Er lässt Ihnen sein Kompliment ausrichten.«

Jules verzichtete auf das Soufflé. Ich folgte seinem Beispiel.

»Äpfel«, ordnete er an. »Und ein Stück Käse.«

Pierre sah ihn respektvoll an und brachte beides. Die Äpfel waren von rembrandtartiger Üppigkeit, braunrot und golden leuchtend, denn es waren Orléans-Goldreinetten. Krachend schlugen meine Zähne in den ersten Apfel wie in Fleisch oder knusprig-süßes Mark, und ein kaltes, scharfes Götterblut wallte auf, das wie ein Hornstoß uralte heroische Erinnerungen wachrief.

»Sein erster«, flüsterte Jules. »Seine erste Reinette!«

»Und jetzt das hier, für den nächsten Biss«, sagte Pierre und hielt mir ein Stückchen Käse hin, einen Double Gloucester. »Abwechselnd!«

Pierre musste sturzbetrunken sein. Ich meinte, ihn kichern zu hören. »Was würde Madame la Baronne denken, wenn er nicht abwechselnd essen würde? Hä? Das gäbe kein zweites Empfehlungsschreiben!«

Meine Privatangelegenheiten waren wohl von der Spülküche bis unters Dach des Faisan d'Or Gesprächsthema gewesen. Ein Geheimnis war hier genauso schlecht aufgehoben wie in einem Nonnenkloster. Doch es störte mich nicht, denn ich jubelte innerlich, in dem Korb noch drei weitere Orléans-Goldreinetten zu sehen. Der Kaffee kam. Später entfernte sich tuckernd ein Automobil von der Auffahrt. Pierre gesellte sich zu uns, legte Jacke, Kragen und Krawatte ab.

»Im Herbst wird er wiederkommen. Dann gibt's wie der Schneehühner.«

»Das Essen«, sagte Jules, »war ein Erfolg. Monsieur Melun-Perret ist ein großartiger Gast.«

Pierre schenkte uns Brandy ein. Vor ihm selbst stand ein Cognacschwenker, der einen Viertelliter fasste. Er schwenkte ihn, sog den Geruch mit geschlossenen Augen ein. Wir wollten nicht so viel, schließlich hatten wir gegessen.

Pierre füllte seinen Schwenker erneut, doch seine Hände zitterten höchst beunruhigend. Er durfte den Cognac nicht verschütten, einen Barbezieuc von 1815, schon ein richtiger Likör. Deshalb wickelte er eine Serviette um seine linke Hand, in der er das Glas hielt, schlang den Stoff um seinen Hals und zog mit der rechten Hand am anderen Ende, sodass der Barbezieuc mit vorsichtigen Rucken an seine Lippen gehievt wurde.

»*Salut!* Auf dass Monsieur Melun-Perret noch lange lebe!«

Zweimal tranken wir auf die Gesundheit unseres Stammgastes.

»Ein bemerkenswerter Mann«, sagte ich zu Jules. »Haben Sie schon oft mit ihm gespeist?«

»Aber ja! Mindestens vierzig Mal.«

»Und, wie sieht er aus?«

»Das weiß ich nicht. Ich habe ihn noch nie gesehen. Ich hatte nie Gelegenheit, mein lieber Junge, die Treppe hinaufzusteigen. Auf deine Gesundheit! Und auf das nächste Schneehuhn!«

3

Petit-Montrouge

Ich wurde Schüler von zwei Akademien. Die eine war das Atelier von Beynac in der Nähe von St. Sulpice, wo ich das Modellieren lernte, das Gießen von Glocken und Kybele-Tempeln mit Girlanden und fliegenden Tauben, und zwar alles aus bestem Demerara-Zucker. Die andere Schule war das Büro von Monsieur Paul mit den Wänden voller Bücher.

Dort mühte ich mich durch Grimod de la Reynière und seinen *Almanach des gourmands,* durch *Das Kochbuch der Römer* von Apicius und Traubes Abhandlung über die Gastronomie der alten Griechen. Monsieur Pauls Ausgabe von Dumas' Kochbuch war mit einer Widmung für Victor Hugo versehen, damals im Exil auf Guernsey, sein persönliches Patmos. Ein dicker Wälzer in Kalbsleder war das eigenhändig geschriebene Werk des großen Vitry, Chefkoch im Au Rocher de Cancale – in der Literatur sogar noch berühmter, weil Balzacs Lucien de Rubempré dort mit Coralie speiste, während der vom Unglück verfolgte Rastignac allein essen musste.

Mein Englisch verbesserte sich durch die Lektüre von Mrs. Beetons *Household Management.* Die Seiten über die Regionalküche von Sussex hatten Eselsohren und waren mit Flecken übersät. Die englische Lady war meiner Meinung nach weniger eine Kochkünstlerin denn eine

Sozialphilosophin und Moralistin. Sie pries eine »Nützliche Suppe für wohltätige Zwecke« aus Ochsenbäckchen und weißen Rüben. Es traf mich wie ein Hauch kühlen Nebels von der Themse. Ebenso ihre folgenden Auslassungen über *Suet Pudding,* einen mit Nierenfett zubereiteten Rosinenkuchen:

»Wenn ein Braten im Ofen ist, kann man diesen Kuchen in einer langen Form garen und ihn einige Minuten vor dem Servieren des Fleisches in Scheiben schneiden und in Bratenfett rösten … Wer eine große Familie mit vielen Kindern hat, haushaltet sehr gut, wenn er den Kuchen vor dem Fleisch aufträgt, da in diesem Fall der Verzehr von Letzterem viel geringer ausfallen wird, als es sonst der Fall wäre.«

Man kann verstehen, dass die britische Jugend mit gehetzten, anämischen Gesichtern in Gallien einfiel – sie floh vor dem Nierenfett.

Aber die Volkskunde war informativ, und die Stahlstiche von Banketten sowie die Fußnoten über den Steinbutt – oder was sonst noch »von den Römern kolossal geschätzt« wurde – vergrößerten mein Wissen. Obwohl ich mich bis heute frage, was man unter Wissen eigentlich versteht. Man besitzt es nicht, wenn man lediglich eine Tatsache oder Meinung wiedergibt, die man gehört oder in einem Buch gelesen hat. Wenn man sich fünf oder zehn Jahre später rein zufällig daran erinnert und sie immer noch zitieren kann, dann ist man vielleicht wirklich gelehrt.

Und in der Küche hatte ich Jules und Guido.

»Castor und Pollux« pflegte Monsieur Paul sie stolz zu nennen. Er war ebenso penibel wie poetisch.

Mit Unterstützung dieses Zwillingsgestirns konnte er jeden Sturm durchstehen und das Faisan d'Or durch alle Stromschnellen steuern: ein Festessen für tausend Weltkriegsveteranen, ein Diner für eine Vereinigung von Lateinlehrern, die die Kost der römischen Antoninenkaiser zu speisen wünschten, ein unauffälliges Mahl für einen muslimischen Botschafter und seine neue kleine Freundin aus dem Ensemble des Moulin Rouge.

So wie alle Segelschiffe früher einen Finnen oder Samen an Bord hatten, so verfügten alle Küchen erster Güte über einen italienischen Maestro. Selbst wenn im Jardin du Luxembourg nicht das Denkmal stünde, hätten die Franzosen Katharina von Medici nicht vergessen. Guido stammte aus Venedig. Venezianer sind hervorragende Künstler, Spione und Historiker; Casanova war alles zusammen. Guido wusste stets, was im Faisan d'Or geflüstert wurde. Er wusste von dem Empfehlungsschreiben der Baronin und kannte die Vornamen von Urbains heimlichen Geliebten. Außerdem war er Geograf und so belesen in der geheimnisvollen Welt der Nahrungsmittel, dass man ihm irgendeinen Punkt auf der Erdkugel nennen konnte und er aufzählte, was dort an Essbarem produziert wurde und wie viel Respekt es verdiente.

Dennoch war er pragmatisch. Zu der Zeit war ich mit ihm bei den Suppen. Er hatte ständig zehn verschiedene Kessel mit Brühe auf dem Herd. Jede einzelne erkannte er am Aroma ihres Dampfes. Wenn er darin rührte, sang er in begeistertem Tenor und mit herzzerreißendem Vibrato: *»Zuppa! Ma che bella zuppa! Minestra e risi e bisi!«*

Wenn die Bestellungen kamen, hüpfte er von einem Topf zum nächsten, tauchte seine Kelle in die Brühen aus Huhn, Rindfleisch, Hammel, Wild, Fisch, Schildkröte und Gemüse. Ach, die furiose Behändigkeit unseres italienischen Maestros, diese Flut böser, altmodischer Flüche, seine zum Lästern verzogenen Lippen, seine schlangengleich funkelnden Augen! Er war am besten, wenn er sich in Rage geredet hatte. Nie warf er einen Blick in ein Buch, er hatte die Rezepte von zwei mal hundert Suppen im Kopf.

Eines Tages kam Pierre hereingestürzt, seine Augen traten hervor wie Türknäufe. Er stieß Guido seinen krötengleichen Kopf entgegen und jammerte: »Holt euch einen Strick! General Rossier ist da. Er will eine Potage à la Bagration!«

Guido schnaubte verächtlich. »Dieser *cochon? Non!*«

Pierre faltete die Hände, rang sie flehentlich und stieß einen lauten Schmerzensschrei aus. Ein hübsches Trinkgeld stand auf dem Spiel, dazu der Ruf des Faisan d'Or.

»Was gibt es heute für einen Brandy?«, fragte Guido.

»Einen Piquepoul, 1875«, erwiderte Pierre.

»Wie gut der schmecken muss!« Guido klopfte ihm auf die Schulter. »Was würde ich nicht alles für einen winzigen Tropfen geben! Nur Mut, Pierre! Mal sehen, was ich dann mit der Suppe ausrichten kann.«

Pierre hastete davon.

Die Hände des Maestros arbeiteten flink. Er brachte eine Flüssigkeit aus gleichen Teilen Fischsud und weißer Grundsauce zum Kochen. In einer Pfanne briet er eine Handvoll klein geschnittenes Gemüse und Sauerampfer mit Flusskrebsschwänzen und Steinbuttstücken an. Mit vier Eidottern schlug er eine Tasse voll Sahne und eine Prise Curry auf. Ich vermischte alles auf sein Zeichen hin, gab es in eine silberne Terrine und garnierte es mit Croûtons und ein wenig Schnittlauch. In dem Moment kehrte Pierre mit einem Glas vom Piquepoul zurück.

»Bitte sehr, *crapaud!*«, rief Guido. »Auf deine Gesundheit!« Er probierte den Brandy. »Ha! Grüß mir den General und sag ihm, er solle nächstes Mal eine richtige *zuppa* bestellen.«

Pierre schwebte wie auf einer Wolke davon. Guido zwinkerte mir zu und reichte mir das Glas.

»Wir verdienen schließlich noch eine andere Belohnung als bloßen Ruhm.«

Ich schluckte den Piquepoul hinunter, und er brannte mir bis in die Füße.

»Gut?«

»Ja«, sagte ich.

Guido schlürfte einen Löffel heißen Kaffees. Vor dem Essen trank er nie Alkohol, und ich vermutete, dass er später auswärts speisen würde, da er es wie die meisten Köche vorzog, nicht an seinem Arbeitsplatz zu tafeln. Meistens suchte er sich ein kleines italienisches Café, von dem sonst noch niemand gehört hatte. Man brauchte ihm nur einen Teller mit verwickelten *maccheroni* hinstellen, und er war selig.

Guido war zudem Experte für Lebensmittel und Delikatessen, und der Lagerverwalter beriet sich mit ihm, bevor er irgendetwas bestellte. Guido besaß den Schlüssel zum Lager, das sich über die gesamte Länge des Kellers erstreckte. Die fast vollkommene Dunkelheit dort erinnerte an ein Mausoleum – tatsächlich hatte der Keller einst die Särge von Prioren, Äbten und ein, zwei Königen beherbergt – und wurde nur hier und dort von spinnwebverhangenen Lampen erhellt.

Abgetrennt von diesem Verlies war ein besonderer Raum, in dem es nach Senf, Trüffeln, Schinken, Lebkuchen und geräuchertem Fleisch und Fisch duftete. Von den Deckenbalken hingen an Schnüren Grasmücken, korsischer Knoblauch, geräucherte Kiebitze und Stockschwämmchen. Ein tintenartiger Geruch strömte aus Fässchen mit getrockneten tschechischen Pilzen. Es gab Kekse aus England und aus abgelegenen Weilern in der Bretagne, Wildschweinköpfe aus Troyes, Gelee aus Rouen und Tasmanien, *mortadelle* aus Lyon, Laibe von Käse und mehr *chabichou* – ein Ziegenkäse aus Poitiers – als in jedem Geschäft der Welt, dazu alle möglichen russischen, deutschen und spanischen Delikatessen, Chutneys aus Madras, Schokolade aus Perugia und Genua.

Guido hatte einen wählerischen Geschmack. Das konnte er sich leisten, so weit verbreitet war sein Ruhm als Kenner dieser Köstlichkeiten »im Naturzustand«, wie man sagen könnte. Er pries den Dijonsenf, am meisten hielt er jedoch von Senf aus Orléans. Die Hahnenkämme importierte er aus Menorca, wo man eine Hühnerrasse mit prächtigen Kämmen züchtete. Sie wurden in Salzlake eingelegt geliefert. Im Faisan d'Or wurden sie in Blätterteig mit Sauce Héliogabale serviert, einer Variante der Financière.

Dem Vernehmen nach war Elagabalus zu seiner Zeit eine rechter Plagegeist gewesen, und auch heute gibt es nicht viel Gutes über ihn zu sagen, doch seine Gewohnheiten sorgten für viel Gerede, und immerhin erfand er

Vol-au-vent à la Financière. Das wird jedenfalls von klugen Menschen behauptet. Skeptischere Chronisten sind der Ansicht, sie sei von Elagabalus' Köchen erfunden worden, die der Kaiser dann töten ließ, um selbst den Ruhm zu ernten. Die Erfindung war erstaunlich genug, dass er seinen Feldzug in Syrien abkürzte und zu einem Triumphzug nach Rom zurückkehrte. Auf dem Heimweg kam er durch Palmyra, in einem Streitwagen sitzend, der von nackten Frauen gezogen wurde. Umgeben von Kurtisanen, Musikanten und Narren, trug er die Krone des Sonnengottes und wurde von Geschichtsschreibern begleitet, die sein Genie und seine Orgien festhalten sollten, in seinem Gefolge hundert Köche.

Ein klein wenig übertrieben, könnte man sagen. Trotzdem, wenn der römische Kaiser tatsächlich *Vol-au-vent* erfunden hat...

Guido rühmte sich selbst nur seines Könnens im Umgang mit *maccheroni*. In einer Nische seiner Grotte lagerte er die verschiedensten Nudelsorten, die ihm aus allen Ecken Italiens geschickt wurden. Grinsend rieb er sich bei deren Ankunft die Hände und nickte den Päckchen mit dem Gebaren eines Kustos der Kronjuwelen zu.

»*Nous Italiens* – wir haben eine Pastakultur, verstehst du? So wie die Mexikaner eine Maiskultur und die Kosaken und Mongolen eine Pferdekultur haben.«

An Nudeln in ihren unterschiedlichen Erscheinungsformen fand er großes Vergnügen. Er besaß kleine Waffeln, *fiori*, Muscheln, Dreispitze, Schleifen, Amorsbögen, Bänder, Räder und Konfetti, die hohlen Sorten wie *tubini und cannelloni*, die massiven Sorten, manche so dick wie Stifte oder so fein wie Haar oder Moos, Genueser *orecchi* oder »Priesterwürger« und dünne *vermicelli,* eine Meile aus fünfzehn Pfund.

Guido wohnte in einem Haus in der Nähe der Bastille, wo er drei oder vier Zimmer gemietet hatte. Es war so etwas wie ein Asyl für Exilanten – ein trostloser Ort, ebenso wenig anheimelnd wie ein Museum. Der Salon war überfüllt mit Spiegeln, rosshaargepolsterten Sofas, samtenen Portieren und großen Vasen, alles von unglaublicher Hässlichkeit. Guido war gastfreundlich, oft lud er bis zu fünf oder sechs Gäste gleichzeitig ein. An einem Abend in der Woche kochte er für sie in seiner Küche, immer ein Nudelgericht. War der älteste Gast ein Sizilianer, gab es Pasta mit Mandeln, klein geschnittenem Fenchel und Sardinen. War es ein Sarde, machte Guido bandnudelähnliche *fettuccine* mit Pinienkernen, so wie er sie bei Suora Nina nahe dem Palazzo Trevi gekocht hatte. Über jeden Versuch auf dem Feld der Pasta gab er sein fundiertes Urteil ab und liebte die Speise ganz besonders, wenn sie den salzigen Geschmack von Sardellen oder *vongole,* Venusmuscheln, hatte.

Können hat leider nur allzu oft seinen Preis. Gerüche werden langweilig, die Geschmacksknospen ermüden, der Gaumen stumpft ab wie die Sohle eines alten Stiefels oder das Gewissen eines Richters. Davor hatte Guido Angst. Er beurteilte die Qualität seiner Suppen, indem er die Nase in den Dampf hielt und schnupperte.

Auch schützte ihn die kindliche Gabe des Staunens. Auf der Suche nach Überraschungen führte sie ihn fast jeden Abend in irgendein abgelegenes Stadtviertel. Er kannte alle Bistros in Clichy, wo rot gekleidete Bauarbeiter sich ihre Ragouts hineinschaufelten. Monatelang pilgerte er zu der vietnamesischen Kolonie in Grenelle, um sich einer Kalb-Rindfleisch-Suppe hinzugeben. Sie wurde mit einigen Tropfen *nuoc-man* gefärbt, dem jahrelang in einem Glas gereiften, salzigen Schweiß verrottender Fische.

Eines Nachmittags fing er mich in der Küche ab.

»Heute kommst du mit mir! Wir gehen essen. Pasta!« Er verdrehte die Augen wie ein Verschwörer, sein Flüstern war fast unhörbar. »Kein Wort zu niemandem, verstanden? Wir werden begleitet von – rate mal! M'sieu Melun-Perret!«

Ich glaube, ich war zu verblüfft, um etwas anderes zu tun als zu nicken und zu schlucken. »Wo?«

»Bei Chiusi.«

Am Abend fuhren wir in unserer besten Kleidung mit dem Bus nach Petit-Montrouge. Selbst bei strahlendem Sonnenschein im Frühling war dieses Viertel alles andere als fröhlich, doch an jenem Tag schien die Verwahrlosung der Straße, in die wir einbogen, schlichtweg bestürzend. Die Luft glich einem kalten Breiumschlag. In den Geschäften hingen abgetragene Hüte, Kleider und Stiefel, durchnässt vom Regen.

»Ah, aber bei Chiusi«, murmelte Guido zu seinem eigenen Trost. »Nudeln aus Hartweizen, *al dente* gekocht. Und eine buttrige Tomatensauce, wie man sie in Kala brien macht. Ich bin seit fünf Monaten nicht mehr dort gewesen. Für mich ist es wieder wie neu. Wieso Melun-Perret? Nun ja, der hat Pierre danach gefragt, und Pierre fragte mich. Deshalb habe ich M'sieu eingeladen, unser Gast zu sein.«

An einer bestimmten Ecke sollte er sich mit uns treffen. Nach einer halben Stunde kam eine Luxuslimousine angefahren, und Monsieur stieg aus – ein rotgesichtiger Mann, rund wie ein Rebhuhn, einen Velourhut schräg über dem Ohr. Fest drückte er unsere Hände.

»Auf geht's!«, rief er beherzt.

Guido war – wie soll ich mich ausdrücken? – kleinlaut. Er halte nicht viel von diesem Viertel. Doch Chiusi sei das Abenteuer wert. Und dass der Laden so bescheiden und verborgen in diesem Randbezirk von Dieben, Lumpensammlern und Freudenmädchen liege, das sei doch verständlich. So würden das gemeine Volk und die Touristen das Lokal niemals finden. Sicherlich sei es allerdings nicht das Faisan d'Or.

»Das würde ich auch bedauern«, sagte Melun-Perret.

Ungepflegte, grell geschminkte Frauen in Pantoffeln mit Kaninchenfellbesatz stapften vorbei, Bierflaschen und Kohlköpfe in ihren fetten Armen. Es waren Huren, ihre Augen glichen Tuscheklecksen auf Kitt, die Handtaschen schwangen hin und her wie träge Metronome. Beinlose Bettler schossen auf klappernden Wägelchen über den verdreckten Bürgersteig. Die Gerüche quälten Guido: der Gestank von brodelndem Lauch in dunklen Hinterküchen, ein von den Gitterrosten aufsteigendes brenzliges Gemisch aus Lumpen und Papier, der Pesthauch schäbiger vergangener Jahrhunderte.

»Hier gibt es einen kleinen Laden«, sagte Melun-Perret fröhlich, »einen kleinen Laden, der Elfenbein verkauft. Ich frage mich…«

Er lüpfte seinen Hut einmal, er lüpfte ihn zweimal. In Torgängen verbeugte man sich vor ihm. Vergnügt schritt er einher, packte mich mit leuchtenden Augen am

Arm, schelmisch wie ein Gassenjunge. Er hätte ein Gönner dieses Viertels sein können, da er jede Dirne, jeden Schweinemetzger und jedes Astloch kannte. Der kecke Velourhut war ein Symbol: Monsieur Melun-Perret war ein Bohemien. Er erzählte, er lachte, er scherzte. Vor jeder Gaststätte schnupperte er, beurteilte die Schnepfe, die im Fenster hing, pfiff vor sich hin und schwang seinen Stock.

Guido schlich hinter ihm her, schämte sich unserer krassen Auffälligkeit. Er war ein Snob: Petit-Montrouge war eines Guido Tialelli, *cuisinier* im Faisan d'Or, einfach unwürdig.

Wir huschten ins Chiusi. Es war ein schlichtes Lokal mit einem halben Dutzend Tischen; unter der Decke hingen ziehharmonikaförmige Girlanden aus Krepppapier. Der einzige andere Gast war ein Taxifahrer, der eine Suppe zu sich nahm. Vor ihm lehnte an einem Ölfläschchen eine Ausgabe des *L'Intransigeant*.

»*C'est un peu mortuaire*«, flüsterte Guido, als wir uns an den Tisch setzten.

Der Kellner kam hervor, ein schwergewichtiger Mann mit offener Weste. Guido studierte die Speisekarte. Gebratenes Osterzicklein, Ravioli und Kastanienpolenta wurden angeboten, außerdem natürlich Pasta.

»Zuerst etwas von dem Zicklein.«

»Zicklein ist aus. Polenta auch. Das ist die Karte von gestern – da hatten wir viele Gäste. Aber ich kann Ihnen Spaghetti anbieten.«

Guido hielt die Karte in der Hand und ließ den Blick schweifen. War ihm aufgefallen, dass sich die Mittelmäßigkeit wie ein Pesthauch in diesen makellosen Raum mit den gekräuselten Vorhängen vor dem Fenster gestohlen hatte?

»Signor Chiusi …?«

»Ist für ein Jahr nach Italien gegangen. Familienangelegenheiten, Sie verstehen …«

»Dann die Spaghetti«, sagte Guido. »Und zuerst eine kleine Vorspeise. Eine Scheibe Mortadella, wenn Sie haben. Einen Wermut, trocken. Und Mineralwasser.«

»Zu der Pasta«, sagte Melun-Perret, »wäre ein Kressesalat hübsch und ein paar junge Zwiebeln.«

Der Mann nickte. Er brachte uns die Vorspeisen und den Wermut. Dann zog er seine Jacke an, setzte einen Hut auf und schlurfte nach draußen. Guido spähte in die Küche.

»Ist sauber«, sagte er.

Wir tranken unseren Wermut. Immer wieder stießen wir an. Nach dem sechsten Mal stellte sich Melun-Perret als »Georges« vor. Eine große rotbraune Katze mit Augen wie Rubinen sprang ihm auf den Schoß und schnurrte wie eine Nähmaschine. Er kraulte sie hinter dem Ohr und goss mit der anderen Hand die Getränke ein.

Die Türglocke ertönte, und der Kellner schlurfte mit einem schweren, in Zeitungspapier gewickelten Paket unterm Arm in die Küche. Kurz darauf hörte man, wie er auf einem Brett etwas klein hackte.

Guido lauschte mit seitlich geneigtem Kopf. Das Geräusch klang schwerfällig. Er runzelte die Stirn. Das Fleisch von Rindern, von der Natur als Verbindung zwischen dem Menschen und der Pflanzenwelt vorgesehen, sollte mit Ehrfurcht und Können behandelt werden.

Guido lehnte sich auf seinem Stuhl zurück und trank mit einem Blick auf den Kalender, der das in Indigo gedruckte Panorama des Lago Maggiore zeigte.

»Die Küche ist ziemlich sauber«, modifizierte er.

»Ziemlich«, sagte Georges, »ist beruhigend. Zuerst habt ihr mir einen Schreck eingejagt. Man darf nicht erwarten, dass aus einer sauberen Küche ein gutes Essen kommt. Dann könnte man es sich genauso gut aus dem Labor holen. Widerlich! Ein Koch, der an nichts anderes als Seife und Desinfektionsmittel denkt, taugt nur für die Guillotine.«

Georges spülte seinen Gaumen mit Wermut und lächelte uns milde an.

»Nehmt zum Beispiel Papa Andrieu aus dem Vieille Tour. Seine kleine Küche ist eins fünfzig mal drei Meter groß. Wenn man den Boden mit Spitzhacke und Spaten bearbeiten würde – der Himmel bewahre! –, wäre der Raum deutlich höher. Da liegen ganze Gebirge von Schalen, Schlacken, Fett, zertretenen Hühnerknochen und Brot. Die Essensreste kann man zurückverfolgen bis zum Krieg – vielleicht sogar bis zu den Napoleonischen Kriegen!

Auf diesen Resten schreitet er einher, der König der Bergsteiger, und was produziert er da? Die leckersten kleinen Waldschnepfen à la Dumas, ein entzückendes Aalfrikassee, ein Bataillon höchst entwaffnender Vorspeisen. Er steigt hinauf und hinunter, wie ein Lama in Trance, und seine Seele ist versenkt in die Zubereitung eines Lachsforellenfilets oder einer Bombe valentinoise. Die Außenwelt existiert nicht für ihn. Sein Blick ist glasig, und von den Spitzen seines Schnurrbarts tropft die Sauce.

Ganz gewiss, wo es Visionen gibt und die Flamme der Kreativität lodert, stellt ein bisschen ehrlicher Schmutz kein Hindernis für die Kunst dar. Stellt euch vor, ihr geht in eine Galerie, um ein Meisterwerk zu kaufen, an dem ihr Gefallen findet – sagen wir, einen Renoir oder einen van Gogh. Würdet ihr das Gemälde aufgrund des Gerüchts oder selbst aufgrund der Tatsache verschmähen, dass es aus einem Atelier stammt, das seit dem vorletzten Jahr nicht mehr geschrubbt wurde?«

Guido gab sich heiter wie ein großer Genießer, doch sein Lachen reichte nur bis zu seinen Lippen. Er fuhr sich mit dem Finger am Kragen entlang und warf einen kurzen Blick auf die Uhr, als sei sie das Antlitz des Schicksals. Es gab doch keinen Grund, die Nudeln zu Brei zu kochen! Wie ein Tragöde hatte er die Zeiger der Uhr beobachtet – zehn Minuten waren verstrichen.

Mit seiner Jacke hatte Georges auch seine anspruchsvolle Haltung abgelegt. Er wurde immer breiter, roter und jovialer, während er unsere Gläser mit dem rauen algerischen Wein nachfüllte, der nach rostigem Eisenkessel schmeckte. Er war der geborene Erzähler, genauso geistreich und liebenswürdig, als würde er am Quai d'Orsay mit Botschaftern speisen. Und er war gerade mitten in einer pantagruelischen Anekdote à la Rabelais über sein Heimatdorf in der Normandie, als die Hauptspeise serviert wurde.

Guido erblickte sie als Erster. Ungläubig riss er die Augen auf, dann erblasste er verzweifelt, und sein Hals zog sich ruckartig zusammen. Die Nudeln waren ein bleicher, klebriger Haufen, grau wie Kutteln, geriffelt wie ein Waschbrett, ertränkt in einer rosaroten Sauce.

»Es ist lange her«, stieß er hervor, »seit ich das letzte Mal hier war.«

Er hatte seine Ehre verloren, war im tiefsten Loch versunken, das den wahrlich Verdammten vorbehalten war. Voller Stolz hatte er den bekanntesten Gourmet Europas hergeführt, und jetzt bestraften die Götter ihn hart für seine Verwegenheit. Als die Teller auf den Tisch gestellt wurden, warf er mir einen kurzen Blick zu – seine kraftlosen Finger rieben über die Krumen auf dem Tischtuch –, dann senkten sich seine Augenlider.

Erzähle niemals, sagte sein Blick, *niemals Jules davon!*

Ich glaube, der Koch hatte den Blick ebenfalls aufgefangen, denn Dummheit hat nicht immer eine so dicke Haut wie ein Nashorn. Er stand in der Tür und glättete seine Schürze mit einem zugleich trotzigen und verstohlenen Gesichtsausdruck.

»Und als Nächstes ging der Bürgermeister zu Madame Gänsefuß«, erfüllte Georges' Stimme dröhnend den Raum, der sonst eine eisige Gletscherspalte des Schweigens gewesen wäre.

Wir griffen zu den Gabeln und zogen die Nudeln auseinander. Georges aß mit Genuss, abwechselnd Pasta mit Salat und Klumpen harten Brots. Danach gab es Käse, zum Schluss Weintrauben und Kaffee. Eine weitere Stunde verbrachten wir mit einem Cognac. Guido hatte sich wieder gefangen. Er war heiter, ja so fröhlich, wie man nur sein kann, wenn man gerade das Sterbesakrament auf dem Schafott empfangen hat.

Wir gingen. Vor dem Tabakladen schlug sich Guido auf die Tasche und stieß einen verärgerten Ruf aus.

»Meine Brieftasche! Einen Moment bitte, ihr beiden!«

Er eilte zurück. Georges betrachtete ein Schaufenster, betrat das Geschäft, und ich lief ebenfalls zu Chiusi und lauschte. Der Racheengel hatte die Jalousien heruntergezogen. Eine Stimme brüllte vor Angst, ich hörte krachende Fäuste, als würde Fleisch geklopft. Stühle zersplitterten, wenig später ein Tisch. Kurz darauf wurde die Tür aufgeschlossen, und ich huschte weiter.

Guido stieß wieder zu uns, wir blieben unter einer Straßenlaterne stehen. Melun-Perret reichte jedem eine ölige Larranaga-Zigarre. Er gab uns mit einem Streichholz Feuer und entzündete dann seine eigene, hielt das Holz drei, vier Zentimeter von sich und paffte, bis die Flamme hervorschoss und die Spitze Feuer fing, dann blinzelte er in einem Heiligenschein von Rauch.

Ich merkte, dass sein Blick abschweifte, nämlich zu Guidos mit einem Taschentuch umwickelter Hand, auf dem sich ein roter Fleck ausbreitete.

Wir gingen zu Fuß bis zum Observatorium, wo wir uns per Handschlag von Georges verabschiedeten. Sein Taxi verschwand im Nebel. Guido lehnte sich gegen das Geländer, ließ den Kopf sinken, Hut und Kragen verdeckten sein Gesicht.

»Los, ich besorge ein Taxi«, sagte ich.

»Nein.« Er sank auf die Mauerkrone, als sei er betrunken. »*Ancora in cento anni!* Nie wieder in hundert Jahren!« Er hob die Hand vor die Augen. »Mein junger Freund, tu mir einen Gefallen.«

»Was denn?«

»Lass mich hier sitzen. Gute Nacht!«

Meine Unterkunft war fünf Kilometer entfernt. Da mir nach Einsamkeit war, ging ich zu Fuß nach Hause.

4

Monsieur Pom-Pom

Der Direktor unserer Kunstakademie, Louis Beynac, war sehr berühmt, exzentrisch und alt – ich glaube, er war achtundsechzig –, eine gekrümmte Gestalt in einem grünlich schwarzen Rock mit einem Ordensband im Knopfloch. Seit dreißig Jahren rang er mit dem Wunsch, sich auf seinen Weinberg im Elsass zurückzuziehen. Aber sein Bedürfnis, anderen zu helfen, war stärker. Er nahm nur Schüler an, die mit Empfehlungsschreiben und Referenzen zu ihm kamen. Beynac war gerecht und äußerst freundlich. Mich nahm er auf die Bitte von Monsieur Paul hin an, den er gerne mochte.

In der Schule formte ich Säulen, Schalen, Kannelierungen und Baldachine – Entwürfe für Vol-au-vents und fürstliche Hochzeitstorten. Meine Vorstellung von Kunst beschränkte sich auf klassische Ornamentik. Zum Frühling hin ähnelten meine Arbeiten zunehmend Freda Koepfli. Sie glich einer schlanken Weizengarbe, ihre Augen besaßen den samtenen Glanz einer Aprikose. Fredas Vater war Konditor in Genf. Er wollte, dass seine Tochter Gestaltung studierte und später seine Küchenfabrik übernahm. Freda lebte bei ihrer unverheirateten Tante in Batignolles.

Ich brachte sie immer nach Hause. Sonntags fuhren wir hinaus nach Versailles und sahen uns das Lustschloss

Petit Trianon an oder das Porzellan in Sèvres. Später taten wir nicht mehr so, als studierten wir Ornamentik, sondern verbrachten unsere gemeinsame Zeit in Cafés oder auf dem Land. Freda war das schönste Mädchen, das ich je gesehen hatte, ich war in sie verliebt. Und so waren wir sehr oft in Gesellschaft ihrer Tante Giulia, die als Italienerin die strengsten Vorstellungen von Anstand hatte.

Guido machte es mir leichter, indem er uns hin und wieder zu einem Abend mit Musik, Chianti und kleinen Pfannküchlein in seine Wohnung einlud. Ich brachte öfter einen siamesischen Kunststudenten mit, den wir »Pom-Pom« nannten, außerdem den Kolumbianer Manuel und einen weiteren Studenten namens Rémy Ghismont, der ebenfalls Lehrling im Faisan d'Or war. Seinem Vater gehörte eine Kette von Luxushotels in ganz Europa, von Schweden bis Portugal.

Dort saß Giulia dann und strickte still vor sich hin, lauschte der Musik und den Geschichten des alten Redakteurs, seiner Frau, des Generals Umberto Padaglione und dem Rest der Gruppe, so sympathisch und hübsch eingerahmt von der morbiden Eleganz jener Pension. Ich gehörte eher zufällig dazu. Und so saß ich ebenfalls da, ein Freund von Monsieur Guido Tialelli und dadurch Teil dieses seriösen, altehrwürdigen Hintergrunds mit der zugezogenen Portiere, den Rosshaarpolstern, Wachsblumenkränzen, Dolmanen und dem spinettartigen Klavier mit seinem geisterhaften Klimpern und den Kerzen unter den Schirmen.

Trotz all ihrer Strenge und ihrer schwarzen Perlen war Giulia doch noch recht jung und dazu pummelig.

Sie besaß eine melodische Stimme. Am Klavier sang sie manchmal Balladen über Gondoliere und Liebeskummer.

Aime ton soleil, Italienne.
C'est celui qui dort ton berçeau,
C'est celui qui fleurit ton tombeau:
Aime ton soleil, Italienne.

Sie wurde sehr beliebt in der Pension und lernte so gut wie alle kennen, mit denen auch Freda und ich befreundet waren. Mittlerweile wurde ich als Freier ihrer Nichte akzeptiert, wenn auch nur auf Probe. Wir saßen in Giulias furchtbarem Salon und führten ein sehr förmliches Gespräch.

»Wie sind Ihre Aussichten?«

»Ich habe ein kleines Einkommen, ein Erbe. In zwei Jahren werde ich in Lohn und Brot stehen.«

»Hm.« Ihre Augen waren so metallisch wie ihre Stricknadeln. »Verwandte?«

»Ein Onkel. In Vence. Er hat eine Fabrik.«

»Ich habe vor, eine Woche nach Nizza zu reisen. Vielleicht statte ich ihm einen Besuch ab.«

Ein Kontrollbesuch. Ich schauderte. Die steife Giulia – was würde sie von meinem Onkel halten, dem Lebemann, vom gürtellosen Dosso mit seinem Schlachthofhumor und von der alkoholsüchtigen Baronin? Als Giulia fort war, schrieb ich an meinen Onkel und flehte ihn an, sich wenigstens eine Stunde lang anständig zu benehmen und sie in seinem besten schwarzen Rock zu empfangen.

Woher sollte ich wissen, dass die drei sich einbildeten, die Tante sei ein schüchternes zartes Wesen, dessen Vertrauen man nur mit äußerster Herzlichkeit gewinnen könne? Wie eine Lawine stürzten sie sich auf Giulia. Sie kutschierten sie in einer großen gelben Straßenbahn, die Dosso der spektakulären Wirkung wegen gemietet hatte, in die Berge. In dem Irrglauben, Giulia sei ein Gourmand, bewirteten sie sie in der Nougatfabrik, in Dossos Küche, im Hotel. In dem gelben Straßenbahnwaggon zuckelten sie durch die Voralpen, Dosso hemdsärmelig am Steuer, auf der Jagd nach den schönsten Picknickplätzen.

Erst nach einem Monat kehrte Giulia zurück, sonnengebräunt und noch runder.

»Wie lange waren Sie in Vence?«

»Drei Wochen.« Entschuldigend hob sie die Hände. »Was sollte ich tun? Dieser Dosso – *che numero!*«

Trotz alldem wurde ich akzeptiert.

Mittlerweile waren ihre Nichte und ich so gut wie verlobt. Ich schenkte Freda einen Ring, einen Smaragd in einer Fassung aus zisieliertem Gold, den ich bei einem Juwelier in der Nähe von Beynac für fünftausend Franc erstanden hatte – mein ganzes Geld. Zusätzlich lieh ich mir etwas von Pom-Pom für den Abend, um Freda zum Essen bei Foyot auszuführen und anschließend mit ihr *Lucia di Lammermoor* in der Oper zu sehen.

Zur Feier von Giulias Rückkehr beschloss die Frau des Redakteurs, in die Pension einzuladen, in den ersten Stock, zu einem schlichten Essen für neun Personen. Die Vorbereitungen gerieten außer Kontrolle.

»Der General wird kochen«, hatte sie gesagt. »Er ist ein guter Hobbykoch.«

Vorwurfsvoll entgegnete Guido: »Würden Sie auch

einen Hobbychirurgen nehmen, wie gut er auch sein mag?«

»Diesmal sind Sie Gast bei uns.«

»Madame«, erwiderte er mit Nachdruck, »dies ist ein Fall für Profis. Und es muss Überraschungen geben.«

Es war ein Abend, an dem das Faisan d'Or nur wenige Gäste hatte. Guido traf früh ein und brachte einen fetten sizilianischen Truthahn und Jules mit einem Korb voll Londoner Schollen mit – die Früchte ihrer Bekanntheit in den Markthallen. Guido kochte in der kleinen Küche, wirbelte herum, als hätte er so viele Arme wie Shiva. Er bereitete alle Gänge vor, nur den letzten nicht. Pom-Pom kreuzte in Abendgarderobe und mit zwei Flaschen Arrak auf. Wir nahmen Platz, der General an einem Ende des Tisches, Giulia am anderen. Wer würde bedienen, fragte ich mich?

Guido betätigte eine Glocke. Und wer huschte herein? Es war Pierre! Der gute Pierre war zum Servieren gekommen! Er trug die zweifarbige Suppe auf, schnitt Brot und schenkte den trockenen, bernsteingelben Cortese aus. Pierre verströmte eine Noblesse, als sei er der Majordomus des Palazzo Farnese. Er war aufmerksam, streckte den porphyrfarbenen Kiefer vor, seine Jacke strahlte, nie waren seine Hände geschickter gewesen. Doch bewegte er sich mit flinken, übertriebenen Hüpfern, wie ein Tänzer in einer Ballettkomödie.

»Hmm! *Quelle soupe!*« Er schnupperte. »Parmesan und Muskatnuss, hm? Egal, was es heute im Faisan gibt, gegen das hier ist es Spülwasser!«

Dann kam der Seehecht mit dem Aroma der Nordsee, glasiert in Papier, das beim Öffnen den Duft von Sardellen verbreitete, eine von Guidos Finessen unter Verwendung von Hühnerbrühe. In der warmen, wohlriechenden Atmosphäre und der schummrigen Beleuchtung entwickelten sich lockere Unterhaltungen und eine gesellige Stimmung. Der grüne Spargel war dick, knusprig die gerösteten Brösel darauf, die Stangen gaben dem Druck der Gabel nach. Dazu wurde ein unaufdringlicher toskanischer Myrtenwein ausgeschenkt.

Wer hätte erraten, was sich in der *pièce montée* verbarg? Es war eine sargähnliche Skulptur aus Blätterteig, verziert mit heraldischen Mustern. Darin befand sich der entbeinte, braun gebratene Truthahn, gefüllt mit einer in Madeira eingelegten Ochsenzunge, Trüffeln, Maronen und dem nach Sellerie duftenden grünen Liebstöckel. Guido zog das Messer hindurch wie einen Krummsäbel, und die marmorierten Scheiben kippten zur Seite, dampfend in ihren Teighüllen. Das Messer dampfte ebenfalls, Guido hielt es Pierre vorsichtig unter die Nase. Mit geschlossenen Augen atmete Pierre ein. Ein anerkennendes Zittern durchlief seinen Körper.

»Melun-Perret, du armer Kerl!«, stieß er hervor. »Du hast noch nie gegessen!«

Guido schauderte leicht, als er die Sauce sicilienne servierte.

»Und hierzu«, verkündete Pierre, »der große Rote!«

Er schenkte den Montepulciano aus. Dessen Aroma – ein kunstvoller Gobelin des Geschmacks, geduldig gewoben in sechs Jahrzehnten Lagerung in einer alten Gruft im Apennin – erfüllte den Raum. Wir waren nicht allein. Geschichte, Kunst und Religion umgaben uns zur Musik von Trompeten und schnarrenden Hörnern.

General Padiglione murmelte wie im Gebet. Das Dunkelrot, reflektiert von seinem hageren, marmornen Gesicht, färbte es wie ein Bild in einem Kirchenfenster. Er trank ehrfürchtig, in kleinsten Schlucken. In der Stille schob Pierre lautlos einen leicht in Öl geschwenkten Kressesalat vor jeden Gast.

»Wein ist zum Trinken da!«, rief Guido. »Hinunter damit!«

Freda hielt mir ihr Glas hin, und wir stießen an. Ihre Lippen waren dunkel wie Maulbeeren.

Der Truthahn war gewaltig. Eine Kost aus Pinienkernen, Milch und Heuschrecken hatte sein einjähriges Leben versüßt. Die Gäste verspeisten ihn mit maßvoller Gefräßigkeit und dem ernsten, konzentrierten Blick des Genießers. Der Wein beflügelte die Zunge, und die Speisen förderten diese Stimmung, weit über Frohsinn hinaus, die die Empfindsamen bewegt, jene, die Perfektion in jeder Form bewundern, die dankbar und nachdenklich sind. Und hier saßen Gäste mit kultiviertem Gaumen.

Jules aß mit vollen Backen und sah seinen Kollegen bewundernd an.

»Fantastisch! Hast du das gehört?«

»Tintoretto«, sagte der General. »Und Verdi. Dies ist der höchste Ruhm!«

»Der Koch«, sagte Pom-Pom mit seiner dünnen, kristallklaren Stimme und schaute Guido durch seine Hornbrille an, »ist zu feinfühlig, um zu Lebzeiten berühmt zu werden.«

Freda aß mit Appetit, spülte Teig, Fleisch und Spargel mit Montepulciano durch ihre dorische Kehle. Ihr Ring blitzte im Kerzenlicht. Fasziniert von ihrem Appetit, blieb Pierre in ihrer Nähe, flüsterte ihr ermutigend zu, schob ihr verstohlen mit Gabel und Löffel, die er in einer Hand wie eine Zange hielt, kleine Leckerbissen auf den Teller.

Ich begab mich unauffällig in die Küche, da ich für das Dessert zuständig war. Pierre folgte mir, und seine Stimme war rau vor Bewunderung: »Sie hat einen gesunden Appetit. *Elle a de l'estomac.*«

Die Pfirsiche hatte ich schon vorbereitet. Es waren Lord Palmerstons, früh gereift und in diesem Jahr besonders gut. Seither habe ich des Öfteren *Pêches Giulia* gemacht, als Erinnerung an jenen fröhlichen Abend vor zehn Jahren, aber ich habe sie nicht weiter verbessern können. Sie sind mächtig, aber es gibt Menüs, denen etwas fehlt, wenn sie keinen mächtigen Abschluss haben.

Man schneidet feste Pfirsiche auf und entkernt sie. Sie werden ausgehöhlt und mit einer Mischung aus Fruchtfleisch, Makronen, Zucker, geriebener Zitronenschale, Likör und einem Spritzer Mandelextrakt gefüllt. Dann fügt man die Hälften wieder zusammen, übergießt sie mit Wein, wälzt sie in Kastorzucker und schiebt sie in den Ofen, bis sie glasiert sind.

Unter jeden Pfirsich kommt ein Stück Shortbread, beträufelt mit ein wenig Rotwein.

Weiter geht es mit der Zabaione als Sauce, selbst schon ein hübsches Dessert. Da es ja Pfirsiche dazu gibt, braucht man nur die halbe Menge. Hier sind die Angaben für zehn Personen (ich kochte für zehn, weil ja auch Pierre dabei war).

Fünfzehn Eigelb, fünfzehn halbe Eierschalen voll

Sherry, fünf Esslöffel Zucker. Den Sherry in einem Gefäß mit rundem Boden vorsichtig bis kurz vor dem Siedepunkt erhitzen. Eigelb und Zucker schaumig schlagen, einen Spritzer Rosenwasser, Vanille- und Mandelaroma und eine Prise frisch geriebene Orangenschale hinzufügen. Das Gefäß mit dem Sherry in ein größeres mit kochendem Wasser stellen, den Eierschaum in die erwärmte Flüssigkeit geben, auf eine Flamme stellen und schlagen. Man schlägt so lange, bis die Masse fester wird, dann reduziert man die Hitze und schlägt weiter, bis die Zabaione zu einem luftigen gelben Schaum wird. (Man ziehe sie im richtigen Moment vom Herd, sonst ist alles umsonst.) Dann gebe man sie über die Pfirsiche und haste damit an den Tisch.

Das war das Dessert.

»*Merci*«, sagte Giulia.

»Ich kannte mal einen Russen, der auch einen großen Triumph mit einem Gericht feierte«, begann Jules zu erzählen. »Einen einzigen großen Triumph. Aber seinen Namen habe ich vergessen.«

»Bulgakow«, sagte Pierre. »Otto Bulgakow.«

Wir zündeten uns Zigarren an und nippten den Reiswein, den Pom-Pom für uns auf dem Spirituskocher erwärmt hatte. Freda hatte die Ellbogen auf den Tisch gestützt und bettete ihr Kinn zum Lauschen in die Hände, sodass der Smaragd mir direkt in die Augen blitzte, was er auch sollte.

»Otto war der Koch eines Großherzogs und begleitete seinen Herrn auf eine Reise nach Indien. Sie reisten ins Landesinnere, über das Dekhan-Hochplateau hinaus, und erreichten nach einem Ritt durch Meilen von Sumpfland in Howdah-Satteln auf Elefanten, die Silberketten an den Stoßzähnen trugen – ein Geschenk vom Prinz von Indien für ihre Reise –, das Herz des alten Mogulnreichs. Der Großherzog muss einen Grund für seine Expedition gehabt haben. Vielleicht die Wissenschaft, vielleicht die Diplomatie. Der Prinz, ein unabhängiger Herrscher, hatte nicht besonders viel für die Briten übrig. Er bevorzugte Slawen.

Sie blieben zwei Monate im Palast der Moguln. Er war riesengroß und verschimmelt, voll gestopft mit Uhren, rotem Plüsch, Windhunden und abgenutzten bayerischen Möbeln. Die Banyanbäume draußen waren bevölkert von Affen. Der Großherzog wechselte zweimal täglich die Uniform. Zu seinen Ehren wurde ein Bankett nach dem anderen gegeben; alle dortigen Würdenträger nahmen daran teil. Es wurde viel über Wissenschaft oder über Diplomatie gesprochen. Otto war kein Talleyrand. Deshalb verbrachte er den Großteil der Zeit in der Küche, wenn er nicht gerade Karpfen angelte.

Der alte Chefkoch des Prinzen war ein Phänomen. Er war neunzig, trug einen Säbel und einen Turban mit einer Feder. Er war der letzte einer großen Linie von Mogulnköchen, deren Dienste in diesem feudalen Herrschaftsgebiet noch vererbt wurden. Ein zivilisiertes Volk, diese Moguln, muss man wissen. Das Kochen war bei ihnen eine Religion und stand höher als jede andere Kunst.

Dieser Chefkoch trank Wasser und lebte von nichts anderem als Maiswaffeln, die von einem alten Faktotum eigens für ihn gebacken wurden. Mit dieser Nahrung haben Einsiedler ihre Seele gerettet. Dieser alte *gaillard* rettete so seine Geschmacksknospen. Sein Meisterstück war ein Curry aus Gänsefleisch. Es bestand aus Ghee, Kokosmilch, grünen Bananen, Ingwer und fünfzig verschiedenen Gewürzen und Kräutern. Die Intelligenz eines großen Künstlers drang durch dieses knifflige Gericht, verlieh ihm einen runden Geschmack und einen betörenden Zauber. Es war großartig. Beim ersten Duft fühlte sich Otto wie ein Novize, beim ersten Bissen stieg er in den Himmel auf.

Er besaß den Jähzorn eines Kriegers, dieser Super-Carême der Moguln. Wehe seinen Helfern, wenn sie sich ungeschickt anstellten! Er schlug sie mit der flachen Seite seines Säbels aus deutschem Silber. Selbst die Rücken seiner besten Köche waren vernarbt wie alte Sattel. Zu Otto war er ausgesprochen höflich, behandelte ihn voller Hochachtung als Ebenbürtigen und verriet ihm alles Wissenswerte über dieses Curry. Er hatte nichts zu befürchten – Europa existierte nicht für ihn.

Der Großherzog reiste ab, vielleicht nicht klüger in der Wissenschaft oder in der Diplomatie. Otto jedoch erhielt eine Mischung der Moguln-Kräuter, mit denen das Gänsecurry gewürzt wurde, denn der alte Krieger hatte einen ganzen Abend mit ihm im Garten verbracht und sie zusammengestellt. Schon dreißig dieser Pflanzen hätten jeden Botaniker in Europa zum Staunen gebracht, von Köchen ganz zu schweigen.

Otto Bulgakows Rückkehr war ein Triumph. Er bereitete das Curry in Moskau, London, Monaco und Sofia zu. Die Société des Gastronomes verlieh ihm das Blaue Band, die hochwürdige Winzergilde die Goldmedaille und die Alleanza Epicurea den Gürtel und das Abzeichen mit zwei Ordensspangen.

Nur wenigen Köchen waren so außergewöhnliche Ehren zuteilgeworden. Otto lehnte die Stelle von Escoffier im Negresco ab und kochte das Curry in Nizza für eine Versammlung von fünf Maharadschas und zwanzig führenden Feinschmeckern. Doch diesmal war es nicht ganz perfekt. Vor der Société des Gastronomes versuchte er, es wiedergutzumachen. Diesmal war es mehr als ein Scheitern für den Meister; es war eine Katastrophe. Der Großherzog war erzürnt; Otto musste seinen Posten niederlegen. Nach zwei Jahren waren dem unglücklichen Mann die Gewürze ausgegangen. Er schrieb nach Indien, sprach mit Kräuterkundlern, Konsuln und Kaufleuten. Niemand konnte ihm helfen. Otto bedrängte den Direktor des Jardin des Plantes, doch der konnte ihn in der Sache auch nicht beraten. Er kaufte sich einen Garten und pflanzte Samen, trieb sich bei Gewürzhändlern und in indischen Restaurants herum.

Es war sein Ruin. Otto hatte nur noch eine Chance. Er lieh sich Geld und reiste nach Indien, suchte das Fürstentum auf dem Landwege auf. Drei Wochen lang wurde er in Agra von der Polizei festgehalten, die der Meinung war, er führe Böses im Schilde. ›Bulgakow‹ war kaum ein Name für einen Reisenden, der keinen Verdacht erregen wollte. Nach seiner Freilassung schlug er sich zum Palast durch. Einen Monat zu spät, denn der alte Mann war gestorben und begraben worden, und mit ihm all sein Kräuterwissen.

Otto wurde von den Behörden nach Hause geschickt. Es wurde immer schlimmer mit ihm. Urbain gab ihm ein bisschen Arbeit, aber Bulgakow hatte seine Begeisterung und sein Feuer verloren. Später wusch er Teller im Café Biard, und nachts strich er ziellos durch Gewürzläden und sprach mit sich selbst. Eines Tages fand man ihn in der Seine. Ein Mann, der von einem Gericht ruiniert wurde.«

Pom-Pom brachte den Frauen, die sich ins Musikzimmer begeben hatten, Kaffee und zog den Vorhang zu, damit sie nicht gestört wurden. In der Küche wusch die Tochter des Concierge die Teller. Wir setzten uns ans Fenster und schauten auf den Nebel, die dahinziehenden Wolkenmassen und die Schornsteine. Das Zimmer wurde zur Räucherkammer. Nach dem hervorragenden Essen und dem warmen Sake war die Unterhaltung gelassen und tiefgründig. Für Köche, durch ihre abseitige Kunst stets ausgeschlossen, war die Welt ein Schauspiel, auf das sie immer nur kurze Blicke erhaschen konnten. Sie erfreuten sich nicht an Menschen, sondern an der Natur und an wachsenden Dingen: Flüssen, knietief im Gras stehendem Vieh, Vögeln im Park, aufgereihten offenen Holzkisten voller Gemüse, Schalotten, Salat und Kürbisse vor den Läden im Schatten von St. Mathurin. Eine Augenweide für sie. Der regelmäßige Ablauf der Jahreszeiten war ihnen eine Befriedigung, und die Angelegenheiten der Menschen, über deren Launen sie sich in der Küche geärgert hatten, konnten sie nach der Arbeit amüsiert beobachten; für diesen Abend hatten sie den gespannten Bogen sinken lassen.

Bei Pierre war es das genaue Gegenteil. Den ganzen Tag war er genötigt, sich kommentarlos hundert verschiedene Meinungen anzuhören, die unvereinbar mit seiner eigenen waren. An diesem Tag hatte er drei Stunden lang einen Abgeordneten, einen Vorsitzenden der Börse und einen ausländischen Minister bedient, der von den Vorspeisen bis zum Cognac diskutiert und mit der Faust auf den Tisch geschlagen hatte. Ohne es zu ahnen, war den Herren von einem Vulkan serviert worden, der kurz vorm Ausbruch stand.

Jetzt brach es mit einem heißen Lavafluss von Schmähungen aus Pierre heraus.

»Diese Trottel! Rüpel! Konservative!«

Sein porphyrfarbener Kiefer wölbte sich vor wie ein Rammbock, immer dunkler und kampflustiger, je weiter der Abend voranschritt. Aber Jules gelang es immer, den großen Ausbruch abzuwenden.

»Noch ein bisschen von dem Arrak, Pierre.« Oder: »Monsieur Pom-Pom möchte, glaube ich, eine Zigarre.«

»Oh, pardon, pardon!«

Das war Unterricht für mich. Zwanzig solcher Abende stellten ein vollständiges akademisches Seminar in Philosophie dar, denn hier saßen zwei Künstler und ein Verhaltensforscher, die ziemlich klug waren und sich damit zufriedengaben, eine untergeordnete Rolle zu spielen. Sie liebten ihren Beruf. Sie pflegten eine gute, scharfsinnige Konversation, denn sie sprachen nur über Einzelpersonen. Wer vom Menschen im Allgemeinen redet, spricht über niemanden. Und dann gehörte zu unserem Kreis noch Pom-Pom mit seinem chrysanthemengleichen Haarschopf, der dicken Brille, seiner kindlichen Art und dem zarten Mitgefühl. Er war der Liebling des Hauses. Pom-Pom war Anarchist. Nur eine weltfremde

Seele konnte so altmodisch sein. Er war aus Prinzip gegen alles. Pom-Pom *contra mundum.* Seine Vorstellungen verblüfften und erheiterten alle, seine Reden überzeugten niemanden.

»*E simpatico*«, sagte General Padiglione, der alte Royalist, immer anerkennend.

Um Mitternacht schickten wir Freda und ihre Tante in einem Taxi nach Hause. Dann brachen Pom-Pom und ich zu Fuß in den Nebel auf, da ich beschlossen hatte, ihn zu seiner Wohnung im heruntergekommenen Viertel La Villette hinter den Schlachthöfen zu begleiten. Wir streiften durch die Gegend, weil wir keinen einzigen Franc mehr hatten, und da niemand in der Nähe war, konnten wir Englisch sprechen, so laut wir wollten.

Unser Siamese besaß einen Vorzug, der eine Voraussetzung für den perfekten Feinschmecker ist: die Gabe geduldiger Reglosigkeit. Pom-Pom war Spezialist für Reis. Wie viele Stunden verbrachten wir nicht über verschiedenen Schalen Reis in asiatischen Speiselokalen in La Villette oder den muffigen Straßen nahe der Sorbonne! Wir aßen Pilau mit Krabben nach Kalkutta-Art im Banderji, Michigomi-Reis mit kleinen verknoteten und in Ei ausgebackenen Aalen bei Mme. Kato, wo die armen siamesischen Studenten wohnten. Am liebsten mochte Pom-Pom *kome*, den er sich in seinem Zimmer auf einer kleinen Flamme kochte. Er schöpfte den japanischen Reis aus einem Korb aus Weidenruten, wusch ihn sechs Mal, brachte ihn in derselben Menge kalten Wassers zum Kochen und ließ ihn zugedeckt zwanzig Minuten simmern, während er die Uhr im Blick hatte. Anschließend war der Reis locker, trocken und feinkörnig. Pom-Pom aß ihn mit einem Spritzer *shoyu*-Sauce oder direkt aus dem Topf – so farblos wie Schnee und für mich auch ebenso geschmacklos. Meiner Meinung nach war Reis für sich ebenso bedeutungslos wie eine einzelne auf dem Klavier angeschlagene Taste. Nur ein geschultes Ohr mochte den Ton vielleicht in viele unterschiedliche Frequenzen auflösen, über jede einzelne frohlocken und sie wieder zu einer Einheit verbinden. Mit einem Wirbeln der Essstäbchen konnte Pom-Pom zwanzig Reiskörner aufnehmen und in seinen Mund befördern, die Stäbchen anschließend beiseitelegen und in dankbarer Benommenheit blinzeln. Dann wurde seine Seele von folkloristischen Erinnerungen überschwemmt: seine Kindheit, die Reisfelder, die Lieder seiner Spielkameraden, die im Nebel schaukelnden Laternen. Am Anfang war der Reis. Pom-Pom war ein Wanderer, der aus Leidenschaft für die Freiheit des Individuums vor langer Zeit seine Fesseln abgelegt hatte. Doch ich bildete mir ein, dass er nicht ganz so abseits stand, wie er selbst gerne glaubte. Ein Mundvoll Reis, und die Vergangenheit holte ihn ein und er war den geistigen Schätzen nahe, die darin verschlossen waren.

Die besten Lehrer kommen oft aus anderen Fachgebieten. Von Pom-Pom lernte ich, vom Reis einmal abgesehen, viel Gutes. Er war ein *fin gourmet,* da die Kochkunst wie jede andere Kunst dem Leben Farbe verlieh. Und aus demselben Grund war er ein philosophischer Anarchist. Anarchisten sind nicht der schlechteste Umgang der Welt. Pom-Pom trug keine Bombe, sondern eine rote Schärpe um den Bauch, um die Abwesenheit politischer Überzeugungen publik zu machen und seine Kordsamthose zu halten.

Äußerlich war er ein Bohemien, auffällig herausgeputzt mit wildem Haarschopf, Samthut und Cape. Auch einige Lehrer bei Beynac waren Vertreter dieser Spezies, als hätte Henri Murger persönlich sie entworfen. Pom-Pom war hoffnungslos arm. Wenn er ein Bild verkaufte, war er reich. Zwischen den Zeiten des Überflusses fror er in seiner – wenn auch großen – Dachkammer und ernährte sich von einem Teller Reis und einem Schlückchen Tee.

Pom-Pom besaß die Figur eines gut gepflegten kleinen Götzen; seinen Freunden war er sklavisch ergeben, und er sprach perfekt Englisch, durchzogen von Slang, da er drei oder vier Jahre in London gelebt hatte. Er hatte die Stadt verlassen, als ihm sein Antimilitarismus Ärger einbrachte.

»Verdammt, Jean-Marie«, sagte er eines Tages zu mir, »ich will aus dieser Bude ausziehen, aber ich kann nicht!«

Das mochte ich kaum glauben, da er immer unterwegs war und wie ein Vogel von einem Ast zum nächsten flatterte.

»Es ist so: Bei mir wohnen zwei verfluchte Aristokraten. Sie sind mit dem Mann einer Cousine zweiten Grades verwandt, die einen Japaner geheiratet hat, und da sie mich als eine Art Verwandten betrachten, sind sie bei mir eingezogen. Der eine ist Bankier, sammelt Landkarten aus dem vierzehnten Jahrhundert und arabische Sextanten, der andere ist ein Nabob, der Krabben aus Konservenbüchsen isst und steinerne Engel kauft, als gebe es kein Morgen. Tonnenweise, buchstäblich tonnenweise!

Ich werde fast davon erdrückt. Wir schlafen auf dem Boden. Es ist nicht mehr genug Platz zum Reiskochen.

Die beiden sind Millionäre und jetzt zu Bohemiens geworden. Wenn sie nicht gerade einen Einkaufsbummel machen, sitzen sie im Café, schauen sorglos drein und trinken ein Glas mit irgendwelchen Mannequins. Aber wir verstehen uns. Auf Grundlage der Kunst. Ich versichere dir, sie sind wie fanatisch und haben grenzenlose Achtung davor!«

Pom-Poms Vater, ein Prinz in einem Land, wo Prinzen dicker als Tempelglocken waren, gehörte zu den reichsten Männern, erfuhr ich von Freda. Aber Wohlstand bedeutete Pom-Pom nichts. Wenn sich seine Landschaftsbilder nicht verkauften, schlug er Grabsteine oder half als Verkäufer bei den Bouquinistes an der Seine aus. Manchmal spielte er Trompete und marschierte mit der Kapelle der Heilsarmee. Ganz allein hatte er in London der japanischen Marine getrotzt. In der Themse lag ein Kanonenboot vor Anker, an Bord und im Umkreis von fünfzig Metern war der Zutritt untersagt. Pom-Pom fuhr in einem Ruderboot hinaus, mit seiner Trompete und mehreren Luftballons, und spielte eine Melodie aus der Operette *The Mikado*. Alle an Deck verstanden die Musik als Kompliment. Der Kapitän und die Offiziere strahlten, die Matrosen kamen an die Reling und lächelten. Da ließ Pom-Pom die Ballons los. Sie stiegen auf, trieben auseinander und zogen ein Transparent nach oben. Darauf stand in japanischen Schriftzeichen: »Heil, Anarchie-Gefährten! Nieder mit allen Regierungen!«

Die kleinen Offiziere waren wie elektrisiert. Ein Bootsmann schrie einen Befehl, und die ganze Crew machte eine Kehrtwendung. Eine Stunde lang verunzierte das Transparent den Himmel, wehte an den Mast und blieb dort wie eine Motte hängen, bis es wütend heruntergerissen und in die Wellen geschleudert wurde, wo es trotzig bis zur Dämmerung trieb.

Diese Heldentat als Höhepunkt einer Reihe von ebenso undiplomatischen Gesten ließ es in gewissen Gegenden zu heiß werden für Pom-Pom. Sein Unterhalt wurde gestrichen, und ohne Bedauern verlegte er seinen Wirkungskreis von London nach Montparnasse.

5

Die Maske von Duruy

Es war ein Augustabend. Der Grill dröhnte vor Hitze, in der Küche stand blauer Dunst, besonders dicht an den Herden, wo das Fett spritzte, Flüssigkeiten zischten und brodelten und verschüttete Speisen unter dem Flimmern dunklen Rauchs verkohlten. Fünf Gesellschaften hatten ihre Bestellung aufgegeben, dazu musste die normale Kundschaft bedient und vor allem ruhig gehalten werden. Die Köche waren schon den ganzen Abend reizbar und nun von Nervosität in einen tranceähnlichen Zustand übergegangen. Die Lehrlinge hüpften um sie herum wie Statisten in einem Ballett. Monsieur Paul bewegte sich ruhig in einem Durcheinander von Pfannen, schwankenden Tabletts, Dämpfen und Stimmen, rührte hier mit einem Löffel um, rüttelte dort an einer Kasserolle, verminderte bei der nächsten die Temperatur, tauchte einen Finger in Mayonnaise, schnipste einen Tropfen Espagnole aus dem Topf in den Mund.

»Guck mal«, sagte Rémy und rammte mir den Ellbogen in die Rippen. »Sie sind da.«

Die kupferbeschlagene Tür wurde aufgestoßen.

»Der Rat von Brillat!«

Dort standen sieben Männer, offiziell gekleidet mit Schärpen und Rosetten. Zwei hätten uns schon geblendet, aber sieben? Für einen Augenblick legte sich eine

Lähmung über die Köche und ihre Lehrlinge. Es war, als sei vor einer Gruppe von betenden Mönchen plötzlich der Papst mit sechs seiner Kardinäle erschienen.

Urbain wies mit langsamen, graziösen Bewegungen nach rechts und links und nannte die Namen der Köche. Monsieur Paul, eine Wolke strahlender Wäschestärke, eilte herbei, verlegen und erfreut zugleich, rückte Halstuch und Kochhaube zurecht.

»Der Rat von Brillat«, flüsterte Rémy. »Und das ist der Vorsitzende, Gaspard Duruy – dieser *grand cochon!*«

Ich spähte durch den Dunst. Wer hatte noch nicht von Duruy gehört – dem Präsidenten von drei gastronomischen Gesellschaften, dem Gründer des erhabenen Rats von Brillat, dem Weinprüfer und Feinschmecker, dem Herausgeber von *Le Monde Culinaire?* Er war purpurrot, jovial fröhlich und korpulent, hatte den Kiefer eines Gorillas und trug ein Monokel. Insgeheim war er Weinagent. Monat für Monat verfasste er eine *causerie,* nachdem er seine Runde durch die fünf oder sechs Restaurants gemacht hatte, die er jeweils mit seiner Anwesenheit beehrte. Einige davon hielten es zum Verdruss ihrer Kellermeister für ratsam, von Duruy empfohlene Getränke einzukaufen, die später oft mit Verlust an Cafés in der Nähe abgegeben oder zur Verwendung in der Küche abgeschrieben wurden.

Urbain hatte eine Abneigung gegen Duruy und zugleich ein wenig Angst vor ihm. Er hätte im Faisan d'Or lieber eine Horde osmanischer Soldaten als einen Duruy gesehen.

Doch erst Wochen später wurde mir klar, wie groß die allgemeine Abneigung gegen Duruy wirklich war.

Rémy flüsterte mir die anderen Namen zu. Der dünne Herr mit dem alabasterfarbenen Gesicht war Monsieur di Valmonte, ein Gehirnchirurg, Geiger und Autor des beachtlichen Werks *La Cuisine Aphrodisiaque chez les Romains*. Dann war da noch der dunkelhäutige Don Vicente González mit den breiten Wangenknochen von der argentinischen Oper, bei den Köchen unter dem liebevollen Namen »El Indio« bekannt.

(Don Vicente und ich sollten die engsten Freunde werden, und ich lobe mir seine Memoiren, die so ehrlich sind, dass kein einziger Name aus der Welt der Politik und des Theaters auftaucht. Don Vicente hatte verschiedene Geliebte, die sämtlich eine griechische Nase hatten, nie besonders jung waren und deren Augenhöhlen schlafenden Vulkanen glichen.)

Trotz der anfänglichen Unruhe war die Ankunft des Rats keine Überraschung; die Küche war auf diese Ehre vorbereitet. Frische Schürzen war verteilt worden, die wie Trommeln aufgehängten Kupfertöpfe und Kessel schimmerten in goldenem Glanz. Die sieben Männer standen da, beobachteten uns und lächelten huldvoll. Monsieur Paul und di Valmonte waren in ein Gespräch vertieft. Es war fürwahr ein eindrucksvoller Anlass: das Essen zum hundertsten Todestag von Brillat-Savarin persönlich! Das Menü hatte Duruy zusammengestellt. Es war an die Säule neben mir geklebt, ich habe es abgeschrieben:

Austern aus Whitstable
Potage Crécy
Spiegelkarpfen à la Chambord
Forelle mit Sauce génoise

Rouen-Ente im Hemd
Feine Erbsen à la Française
Artischocken à l'Escoffier
Pommes fondantes
Salat Marigny
Eisbombe
Bonbonniere mit Petits fours

Ein bescheidenes Menü – doch manchmal förderte der Rat auch das Einfache!

Monsieur Paul rief mich zu sich und stellte mich dem Duca di Valmonte vor. Dieser zeigte mir einen Korb mit Garnelen, die in einem Nest aus gefrorenem Seetang lagen. Duruy, eine Zigarre im Mund, betrachtete sie mit einem Ausdruck zwischen Verachtung und Verärgerung.

»Erkennen Sie die?«, fragte der Gehirnchirurg. »Haben Sie die schon mal gesehen?«

»Garnelen aus Kalabrien«, sagte ich. »Sie haben großes Glück, M'sieu le Docteur.«

»Kochen Sie die nach guter Bauernart«, befahl Monsieur Paul. »A la Calabrese. Nehmen Sie sie! *Dépêchez-vous!* Kochen Sie eine Überraschung für die Kollegen des Doktors!«

Wie die Garnelen zu Karpfen und Forelle passen sollten, war mir ein Rätsel, genauso wenig konnte ich mir vorstellen, was der Vorsitzende davon halten würde.

Ich eilte an meinen Herd. Garnelen hatte ich oft an Bord der *Piccolo* zubereitet, und zwar für höhere Herren als Duruy.

Ich erhitzte Öl und Butter in einer Pfanne, schwitzte einen Bund klein gehackter Frühlingszwiebeln, eine geriebene Möhre, eine kleine Handvoll Petersilie und vier Knoblauchzehen an. Dann gab ich fünf geschälte Tomaten hinzu. Ich kochte sie in so viel Brühe, dass sie bedeckt waren, goss dann noch einen halben Liter Weißwein darauf. Anschließend die Gewürze: eine Prise spanischen Safran, gemahlene Pfefferkörner, Salz, Cayennepfeffer und eine Handvoll braunen Zucker.

Die Sauce dickte ich mit einer dunklen Mehlschwitze an und goss noch ein Glas Sherry hinzu. Nach drei Minuten Einkochen drückte ich sie durch ein grobes Sieb in eine Kasserolle. Die geschälten Garnelen kamen hinzu. Sie garten zwanzig Minuten vor sich hin, zwischendurch schlug ich nussgroße Butterstückchen unter, insgesamt eine halbe Tasse voll.

Dann wurden die Meeresfrüchte auf silbernen Tellern nach oben gebracht, angerichtet auf Brotscheiben, die mit einer Knoblauchzehe in Öl geröstet waren, und mit klein gehackter Petersilie bestreut.

Unterdessen musste ich mit Rémys Hilfe Gemüse und Suppe anrichten und Schweinekoteletts für das Abendessen meiner Lehrlingskollegen braten.

Jemand klopfte mir auf die Schulter. Ich drehte mich um.

»Hervorragend!«, übertönte Pierre das Getöse der Küche. »Ich habe es mit Cognac angezündet. Dazu haben sie einen Manzanillo getrunken. Duruy war stinksauer!«

»Wirklich?«

»Sein perfektes Menü ist ruiniert – und di Valmonte und El Indio haben zweimal von deinen Garnelen genommen!«

Am nächsten Tag wurde ich ins Büro gerufen. Neben

Monsieur Paul standen Urbain, Pierre, Jules, Guido und der Wäschemann, auf dessen ausgestreckten Handflächen ein hoher schneeweißer Schlot mit pilzartiger Spitze stand: die Kochhaube eines Chefkochs, ähnlich der von Monsieur Paul.

Urbain las einen Brief des Rats von Brillat vor. Er war zum größten Teil voll des höchsten Lobs. Und einer der sieben Namen darunter war der von Gaspard Duruy!

Mir brach der kalte Schweiß aus, ich war verwirrt, und Monsieur Paul setzte mir die Mütze auf den Kopf. Es war, als würde man durch ein Brevet befördert oder als würde man seinen Abschluss an der Sorbonne machen. Ich, Jean-Marie Gallois, hatte es in zwei statt in, wie sonst üblich, vier Jahren geschafft. Und als ich in die Küche zurückkehrte, wurde ich wie mit einer Salve der Artillerie begrüßt: Die Köche klapperten mit eisernen Löffeln, und der senegalesische Portier schlug, in jeder Faust eine Flasche, einen martialischen Rhythmus auf einem Kessel wie auf einer Pauke.

Einen Monat später gingen Rémy, Freda, Pom-Pom, Manuel mit der Flämin, seiner Geliebten, und ich nach dem Abendkurs bei Beynac zu einem späten Essen in ein marokkanisches Café, das Chez Kasbah. Der Kellner brachte mir zum Kaffee eine druckfrische *Excelsior*. Mein Blick fiel auf einen Artikel über Duruy: Er war an einem Kreislaufkollaps gestorben, als er im Café Harcourt Schach spielte.

Grübelnd saß ich da und sah Rémy und Freda beim Tanzen zu.

Sie mochte ihn. Sie mochte seine Art, seine Schmeicheleien, seine Weltgewandtheit. Er war halb Schweizer, und die Ghismonts wie die Koeplis hatten Hotelblut in den Adern.

Rémy sah gut aus, war zwei Jahre älter als ich und lebte verschwenderisch. Sein monatliches Taschengeld verschleuderte er an drei Abenden. Es gab keinen Sous-chef oder Kellner im Faisan d'Or, der sich nicht beeilt hätte, ihm aus der Klemme zu helfen, denn alle träumten von einer hohen Stellung in der Hotelkette der Ghismonts. Aber Rémy lieh sich nie etwas von ihnen, auch nicht von den Chefköchen.

Er hatte keinen Hang zum Kulinarischen. Er besaß andere Talente: Er konnte singen und parodieren. Rémy ahmte Monsieur Pauls Wutanfälle nach, das schmatzende Getue von Duruy, wenn er eine Sauce probierte, oder Pierre, der in die Küche stürzte, vor Wut brüllte und den Atem schäumend ausstieß wie ein tobender Ochse. Rémy war ein guter Beobachter. *»Je connais ces gens-là!«* Und wie genau er die Leute kannte!

Außerdem war er nach Pom-Pom der beste Skulpteur in unserer Klasse bei Beynac. Seine langen, geschmeidigen Finger besaßen eine wahre Begabung für Ton. Ich kam nie über ausreichende Leistungen hinaus, aber wir erhielten die Grundlagen, wir alle, und Pom-Pom und Rémy allen voran.

Als Rémy Freda zurück an den Tisch führte, berichtete ich ihm vom Tode Duruys. Alle hielten angesichts der traurigen Nachricht einen Moment inne.

»Duruy«, bemerkte ich, »hatte Geschmack.«

Damit erstarb meine Eloge, weil ich nichts hinzuzufügen hatte, aber Rémy starrte mich geistesabwesend an.

»Hör zu! Gestern Abend habe ich bei einem Spiel Pi-
kett alles verloren, alter Knabe. Du hast auch nichts.
Duruy kann einmal in seinem Leben etwas Anständiges
leisten und uns zu einem Stapel Goldstücke verhelfen…
Hast du Geld für eine Busfahrt?«

»Zwanzig Francs.«

»Das genügt.«

»Wofür?«

»Wer war Duruy? Der führende Feinschmecker von
Paris! Bedeutend genug, um wie ein großer Schauspieler
mit einer Totenmaske geehrt zu werden! Wir fertigen eine
Maske von ihm an und verkaufen sie für zehntausend
Francs an die Alliance des Arts Culinaires. Das ist noch
günstig. Die können sie sich in den Speisesaal hängen.«

Ruhig warf Rémy einen Blick auf die Uhr. »Wir müssen gehen: Jean-Marie, Pom-Pom und ich. Würdest du
mich bitte entschuldigen, Freda? Und würdest du, mein
lieber Manuel, so gut sein, ein Taxi zu rufen und Freda
nach Hause zu begleiten, wenn sie gehen möchte? Diese
Angelegenheit ist von großer Bedeutung für uns, wir
müssen auf der Stelle aufbrechen.«

So war Rémy – selbstherrlich und egoistisch, wenn er
sich etwas in den Kopf gesetzt hatte. Ich protestierte auf
dem ganzen Weg nach La Villette und noch als wir die
Treppen hinaufstiegen. Wie eine Eule lauschte Pom-Pom
Rémys Plänen. Hinter seinen dicken Brillengläsern wirkte
er unbeteiligt, doch innerlich war er überwältigt.

»Mein lieber Monsieur Ghismont«, murmelte er,
»gibt es nicht gewisse Formalitäten…?«

»Unsinn! Lauf zu Beynac, alter Junge, und hol uns
Gips und Ton. Wir warten hier auf dich.«

Pom-Pom warf mir einen hilflosen Blick zu, gehorchte aber. Als er zurückkehrte, fuhren wir zu Duruys Haus in der Rue de Bac. Der Concierge ließ uns hinein. Im Salon empfing uns der Notar und führte dann ein großes, ganz in Schwarz gekleidetes Weibsbild herein, das sich unter einem Schleier die Augen betupfte.

Nachdem Rémy ihr unser Beileid ausgesprochen hatte, sagte er: »Madame, wir sind hier im Auftrag der Alliance des Arts Culinaires, um eine Maske ihres verehrten ehemaligen Sekretärs anzufertigen. Wenn Madame so freundlich wäre, uns das Privileg einzuräumen…«

Pom-Pom und ich zitterten aus Angst vor einem hysterischen Anfall. Der Notar beruhigte die Witwe und redete leise auf sie ein; schließlich würde eine Maske die Mitglieder erfreuen und zukünftigen Generationen einen ausgesprochen großen Dienst erweisen … Madame funkelte uns mit feuchtem, eifersüchtigem Blick an.

»Zehn Minuten«, schrie sie. »*Allez!*«

Rémy verbeugte sich, und wir folgten ihm nach oben. Ich verriegelte die Tür, setzte mich ins Vorzimmer und verfolgte alles durch die Verbindungstür. Rémy und Pom-Pom formten einen Rahmen aus Ton über Duruys Kopf auf dem Kopfkissen, dann mischten sie den Gips in einem Waschbecken an. Pom-Pom gesellte sich zu mir, wir zündeten uns eine Zigarette an.

Im Abstand von wenigen Minuten schlug Madame immer wieder schreiend gegen die Tür und wurde tobend vom Notar fortgeführt.

Unbeschwert rief Rémy von innen: »Zehn Minuten, dann ist der Gips trocken.«

Wir hörten das Knistern und Rascheln einer Zeitung,

als er den Gips trocken fächelte. Es dauerte länger, als wir gedacht hatten. Die Hysterie von Madame verschlimmerte sich; heulend rüttelte sie am Türknauf. Selbst der Notar pochte jetzt dagegen. Rémy kam ins Vorzimmer.

»Ich habe vergessen, sein Gesicht einzuölen. Die Maske klebt fest, schlimmer als Leim.«

Er öffnete das Flügelfenster und schaute hinunter in den Garten. Seine Hände zitterten, doch sein Gesicht war ausdruckslos. »Vier Meter. Wenn wir in den Rosenbüschen landen, tut es gar nicht weh.«

Er ging zurück zum Bett. Ewigkeiten hörten wir ihn mit der Maske kämpfen. Dann kam er schwankend zu uns zurück, blass und erschöpft. »Ich schaffe es nicht! Wir müssen abhauen!«

»Versuch's noch mal!«, riet ihm Pom-Pom mit sanfter Stimme. »Ich beruhige sie hier an der Tür. Beeil dich!«

Wir setzten uns und schauten uns voller Schrecken an. Irgendwann murmelte Rémy: »Gleich geht auch noch das Gesicht ab.«

Pom-Pom hastete ins Schlafzimmer. Auf dem Korridor begann der Tumult von Neuem, wieder klopfte der Notar mit der Faust gegen die Tür. Er wurde ungeduldig, da er Madame nicht mehr beruhigen konnte.

Rémy schloss die Augen und nahm einen langen Zug von seiner Zigarette. Wir hörten, wie im Schlafzimmer der Kopf auf das Kissen fiel – der heftige Kampf mit einem trägen Gewicht – und Pom-Pom keuchend atmete. Dann gab es ein lautes *Plopp*. Pom-Pom wurde über das Fußteil katapultiert und flog nach hinten. Dann sprang er auf, kam zu uns und zeigte uns den Abdruck in der Form.

»Perfekt«, sagte er leise.

Rémy sackte kraftlos in sich zusammen, wie ein Anzug, der vom Bügel fällt. Ich riss die Tür auf; Madame stürzte wie eine Tigerin ins Zimmer, und der kleine Notar half mir, Rémy in den Salon zu tragen, während Pom-Pom den Abdruck in seiner Tasche verstaute.

»Die Belastung für unseren Künstler war einfach zu groß«, erklärte ich, »und eine allzu schmerzliche Aufgabe. Aber schließlich hatte Monsieur Duruy so viele treue Freunde…«

»Tatsächlich?« Der Notar musterte mich aus dem Augenwinkel, als hätte ich einen schlechten Scherz gemacht. Als er unsere ernsten Gesichter sah, wiederholte er: »Tatsächlich? Das … das wusste ich nicht.«

Ich sollte mich an seinen überraschten, ungläubigen Tonfall noch erinnern. Ich dachte daran, als wir drei zurück ins Café fuhren. Kasbah servierte uns Arrak, insgesamt zwei Liter – in diesem Etablissement der übliche Verbrauch eines Monats, und wir tranken ihn allein. Das war eine Nacht!

Eine Gießerei in Javelle fertigte einen Bronzeguss des Abdrucks an und berechnete Rémy dafür rund hundert Francs. Der Guss war dünn und von hoher Kunstfertigkeit, vielleicht ein wenig zu lebensecht.

Rémy stellte sich bei den Vertretern der gastronomischen Gesellschaften vor, doch wenn er von Duruy sprach, hoben sich ihre Augenbrauen, als hätte er eine anzügliche Bemerkung gemacht. Die Angestellten von *Le Monde Culinaire* beteuerten, keine zehntausend Francs für ein Andenken zu haben, ja nicht einmal zweitausend. Rémy, ein empfindsamer junger Mann, war schockiert angesichts dieser gefühllosen Gleichgültigkeit.

»Da könntest du ebenso gut versuchen, den Ganoven ein Standbild des Polizeipräsidenten zu verkaufen«, sagte Guido zu ihm.

Rémy wanderte von einem Club zum nächsten, klapperte die abgelegensten Cafés und Winzertreffen ab, und wöchentlich sanken seine Hoffnung und der Preis. Er schickte Pom-Pom zu Madame. Doch nach einem kurzen Blick auf die Maske ließ sie vom Concierge die Polizei rufen und fiel in Ohnmacht. Einzig den Rat von Brillat sprach er nicht an, da die Mitglieder lieber nicht an das verstorbene Schreckgespenst erinnert werden wollten.

Nachdem der Preis auf hundert Francs gefallen war, warf Rémy das hässliche Ding in einen staubigen Besenschrank. Als er wieder einmal pleite war, holte er es hervor und entdeckte, dass es durch Grünspan eine schöne Patina bekommen hatte. Vielleicht könnte er einen Lumpensammler finden, der in der Einbildung, es sei Kupfer, mit einer Handvoll Centimes Rémys Kasse aufbesserte.

Doch Pom-Pom hatte in der Nähe der Bouquinisten an der Seine ein Schiff entdeckt, das als Phrenologiestudio diente. Dorthin eilten wir, und Rémy hielt dem alten Professor für Schädeldecken eine Rede; dies sei die letzte Gelegenheit für die Jünger von Lavater, dem unsterblichen Gründer der Wissenschaft von den Schädelbeulen, einen echten Inkakopf in Bronze zu erwerben. Dann wickelte er sein Päckchen aus.

»Ein Inka!«, sann der Professor. Er zuckte kaum merklich zurück, als der Kopf freigelegt wurde. *»Quel Inca!«*

»*Un type digestif*«, sagte Rémy. »Wirklich sehr selten. Selbst das Museum hat kein Exemplar eines Inka-Fein-schmeckers.«

»Aber zweihundert Francs!«, tremolierte der alte Professor, doch seine Finger zuckten.

»Dann einhundertachtzig.«

Und so ließen wir Gaspard Duruy in einem Kanal-boot zurück und marschierten davon. Pom-Pom spielte Mundharmonika, und Rémy ging zwischen uns, wieder solvent.

6

Die Laube des Bischofs

»Hier kommen die Lilien hin und Goldfische mit bunten Flossen wie Seide«, sagte Freda. »Und neben den Teich eine Laube mit Tischen und Stühlen. So!«

Sie schob mir ihre Zeichnung zu, und wir bewunderten sie im Feuerschein des Kamins. Wir saßen im Salon ihrer Tante Giulia in der Pension. Freda hatte sich mit hinzugemalt, eine Gestalt im Garten, gekleidet in ein Hemd mit provenzalischem Muster und eine Stoffmütze. Jeder hatte Ideen für das Gasthaus. Guido fand, wir sollten ein Schild aufhängen, das einen Drachen darstellte. Rémy bevorzugte eine große Laterne, die man schon unten von der Straße nach Marseille sehen konnte. Freda zeichnete sie dazu.

Auf dem Papier war unser Gasthaus perfekt.

Jetzt stand alles fest. Nach unserer Hochzeit würden wir unsere Flitterwochen in Tirol verbringen, eine Weile in Vence bleiben und dann, nach dem Verkauf des Anteils an der Nougatfabrik, den mein Vater mir hinterlassen hatte, zur Rhône aufbrechen, um unser Gasthaus einzurichten. Den Bischofspalast hatte ich erstmals im Alter von zehn Jahren gesehen – ein Bild, das sich mit der Zeit immer romantischer verklärte. Ein grüner Hügel schützte das Gebäude vor dem Mistral, der oft mit derartiger Gewalt blies, dass die Lämmer am Hang wie Spreu davongeweht wurden und Hunde durch die Luft trotteten wie auf einem unsichtbaren Laufband. Zum Palast gehörten ein efeubewachsener Rundturm, ein Park, ein Teich und ein Olivengarten mit einem Schrein, wo der »alte Bischof« die Vorzüge einer wundervollen Aussicht, eines Brunnens und der singenden Vögel genoss. Das Anwesen strotzte vor Legenden. Mindestens fünfzig Bischöfe hatten dort gelebt, aber man sprach immer nur vom »alten Bischof«, als hätte die Zeit sie alle zu einem verdichtet: jene, die dort vor weniger als einem Jahrhundert gelebt hatten, und jene in der Epoche, als es in Avignon *und* in Rom einen Papst gab.

Im vergangenen August waren Rémy und ich mit dem Motorrad hinuntergefahren und hatten den Palast an einem flirrend heißen Tag besichtigt, als die Fensterläden im Dorf gegen das grelle Licht geschlossen waren. Wir schoben unsere Maschinen hoch in den Garten, wo Zypressen und Mimosen schwarze Schatten aufs Gras warfen und kleine Wellen mit einem kühlen Klingeln an den Teichrand plätscherten. Frösche wie Klumpen aus schwarzem Obsidian ließen auf der Einfassung ihre Kehle anschwellen und trompeteten zu uns herüber, als wir unser Mittagessen aus hartem Brot, Mandarinen und Brandy auspackten. Wir sprangen ins Wasser, dann ruhten wir uns aus. Als es dunkel wurde, unterhielten wir uns, und vom Dorfplatz, wo unter einem großen Bambus eine Regimentskapelle spielte, drangen Fetzen von Musik herüber. Wir verbrachten die Nacht in einem fensterlosen Raum, der Kapelle des Bischofs, in der Fledermäuse herumsausten und Wespen ihr Nest unter die Decke gebaut hatten, die ein verblasstes Fresco von Simone Martini zierte.

Freda hatte den Palast schon zweimal gesehen und war verzaubert davon. Ihr Vater hatte geschrieben und sich angeboten, uns beim Einzug zu unterstützen.

»Ich werde Vater diese Zeichnung schicken«, sagte Freda. »Das Gasthausschild wird ihm gefallen.«

»Werden die Reparaturen kostspielig sein?«, fragte Tante Giulia und sah von ihrem Strickzeug auf. Das Kaminfeuer glühte in ihren klugen Augen.

»Rund vierzehntausend Francs«, sagte ich.

Jules hatte mich mit einem Maurer bekannt gemacht, der die Reparaturen in der Küche durchführen wollte. Jules selbst gefiel mein Traum. Die meisten Köche im Faisan d'Or hatten diese oder eine ähnliche Wunschvorstellung von einem Gasthof, der ihnen allein gehörte. Doch meistens nahm er dann die Gestalt eines Fachwerk-Restaurants in der Stadt mit Vertäfelung, Hirschgeweih, einem adligen Namen und einer pseudoantiken Einrichtung an.

»Wenn du uns doch als Miteigner oder Chefkoch begleiten würdest, Jules!«

»Ohne mich, alter Freund.«

Jules hatte die Welt so gut wie verlassen. Sein Leben war mit den Traditionen und dem Ansehen des Faisan d'Or verwachsen. Dessen Gäste waren auch seine. Er war dazu bestimmt, sie zu bedienen, und zwischen den Herden und Schmorpfannen bereitete er ihr Fleisch mit der Seligkeit und Hingabe eines Bruder Lorenz' zu, bewahrte sich in den Öfen seiner schlichten Alchemie diese innere Haltung eines Ministranten beim Altardienst. Braucht es noch mehr Vergleiche zwischen demjenigen, der zu Ehren Gottes die Messe vor Brot und Wein liest, und jenem, der in dieser unserer Welt Nahrung für einen Tisch in einem Refektorium oder anderswo zubereitet?

Jules war ein Koch par excellence, ein guter Mann, seiner Berufung treu ergeben. Sie war seine Verbindung zur Außenwelt. Stammgästen gegenüber, die ihn in der Küche besuchten, war er oft brüsk oder höflich unterkühlt; zumindest jedoch behandelte er sie missbilligend. Wenn sie oben waren, wo sie hingehörten, im Speisesaal, dann waren sie ein Gaumen an sich – ein abstraktes Konzept, vor dem er eine selbstverleugnende Haltung einnahm.

Cognac, an dem er unten im Lager nippte, war die einzige Gesellschaft, die er vor Einbruch der Dunkelheit ertrug. Zum Abend hin begann er aufzutauen.

»Ah, da kommt unsere liebe Eule«, sagte Monsieur Paul dann, wenn Jules aus seinem Verlies nach oben stieg. »Heute gibt's was Besonderes, Jules! Hier ist das Menü.«

Jules hatte sein ganz eigenes Atelier, eine rußgeschwärzte Ecke, die einer prähistorischen Höhle glich. Auf seinem vor Hitze gesprungenen Herd standen die Töpfe krumm und schief. Über seiner Werkbank hing eine Ansammlung von Pfannen so tief, dass er sich nur deshalb nicht den Kopf stieß, weil er sich in einer tief in die Fliesen getretenen Furche bewegte.

Jules besaß das Erkennungsmerkmal von Genies: Produktivität. In einer einzigen Stunde konnte er Kronenbraten garnieren, Lammnüsschen Maréchale, Diplomaten- und Nesselrode-Pudding, Seezungenfilet La Vallière und glasierte Vol-au-vents zubereiten und gleichzeitig mit dem Mörser und dem weiß glühenden Salamander alchemistische Kunststücke vollbringen. Er war wie einer jener vielseitigen Musiker, die sieben Instrumente gleichzeitig spielen.

Alle Gerichte hatten etwas Improvisiertes, ohne sich jedoch von der Tradition zu entfernen, und erinnerten darin an bestes Porzellan aus Sèvres oder China, durchdrungen von Kunstsinn, auch wenn es sich um die ewige Wiederholung desselben handelte.

Eines Abends stürzte Pierre unter großem Wehklagen zu uns. »Der Maharadscha ist wieder da! Und kein einziger Hecht im Haus! Oh, was für eine ...!«

Er kam immer unangekündigt, dieser violettschwarze Satrap mit seinen zweifelhaften jungen Freunden, um entweder schottische Waldschnepfe oder Mousse à la Belle Aurore zu speisen.

»Kein Hecht!« Monsieur Paul wurde bleich wie Käse, denn der Maharadscha war ein Lieblingsgast von Urbain. »Dann nehmen wir halt Forellen für die Mousse.«

»Monsieur!«, sagte Jules leise. Er richtete sich auf und verschränkte die Arme. »Ich bitte Sie, nicht zu vergessen, dass dies das Faisan d'Or ist. Und für mich, Jules, gibt es nur Hecht oder gar nichts!«

Monsieur biss die Zähne zusammen. Nach einigen Sekunden neigte er den Kopf. Der Tadel war berechtigt. »Pardon«, murmelte er.

Ein Page wurde auf der Stelle die Straße hinunter ins Roi Nantois geschickt, wo er vier Hechte auslieh. Die kochten wir in Fischsud mit Wein, zerstampften das Fleisch zu einer Paste und fabrizierten einen Ring aus Duftreis. Jules gab ein *coulis* aus Flusskrebsen mit kleinen

Hummerwürfeln in die Mitte. Nur ungern trennte er sich von dem fertigen Gericht. Er sah zu, wie Pierre mit dem silbernen Teller in der Hand davoneilte, die Sauce in blauen Flammen.

»Nur sechs Gäste haben mich je mit der Bestellung einer Belle Aurore geehrt«, murmelte er.

»Du kannst dieses Gericht im Bischofspalast zubereiten, bei Freda und mir!«, sagte ich.

»Diese Provenzalen, die essen doch nichts als Bohnen! Nichts da, ich bleibe hier!«

Nein, Jules war nicht zu bewegen. Guido begleitete mich einmal in den Süden, um die Küche einzurichten, das Teichbecken zu schrubben und einen Hühnerstall zu kaufen. Rémy prophezeite uns ein Kasino und eine Bar mit einem riesigen, in den Kalkstein der Hügel geschlagenen Weinkeller. Und Freda war begeistert von der Vorstellung von Croupiers und einem Weinkeller, so gut hatte ihr beides in den fabelhaften Hotels der Ghismonts gefallen.

Mir wird bewusst, dass ich ausschließlich von Jules' Triumphen erzähle. Jetzt möchte ich an einen erschütternden Moment erinnern, als dieser außerordentliche Mann im Gram versank. Eines Abends kam Pierre schweren Schrittes mit einem Tablett herein und stellte es auf den Arbeitstisch. Der Maharadscha hatte einen Teller Waldschnepfenfilets à la Lucullus zurückgehen lassen.

»*Pourquoi?*«, fragte Jules mit stockender Stimme.

Pierre konnte lediglich wiederholen: »Ja, warum?« Er schaute mich an, hob niedergeschlagen die Hände und schlich so langsam davon, wie er gekommen war.

Ich zog zwei Stühle heran, holte mir einen Brotkanten, ein paar Salatblätter und setzte mich mit Jules vor den Teller. Das Gericht war ebenso heiß wie hübsch anzusehen. Es war perfekt, fast. Wo der Fehler in diesem Smaragd lag, die falsche Note in dem Madrigal, konnte mein kritischer Gaumen mir allerdings nicht verraten.

Jules stand auf und ging in den Garten, wo er sich allein in die Dunkelheit setzte.

Ach, mein armer Freund! In solch herzerschütternden Momenten war er weniger ein Rationalist denn ein Künstler, und der Verdruss nagte an seinem Herzen. Auch ich, Jean-Marie Gallois, habe meine Fehler gemacht, doch ich habe gelernt, nicht allzu viel über sie nachzudenken, sondern mich auf meine Verbesserungen zu konzentrieren.

Sicherlich war Jules' Technik fehlerlos gewesen. Das Ragout – war es zu fade? Der Wein im Fond – war es ein zuckerhaltiger Jahrgang? Die Kruste – hätte sie sich den Zähnen knuspriger widersetzen sollen? Oder lag es eher daran, dass die Inspiration den Künstler verlassen und seine Hand müde gemacht hatte? Aus welchem Grund auch immer – der Flug der Waldschnepfe hatte unrühmlich geendet, sie war ins Dickicht abgestürzt. Und im Garten saß Jules und starrte in die Stille, verwirrt und verdammt.

Ich schäme mich nicht, von seiner persönlichen Katastrophe zu berichten. Wenn das Genie fällt, fällt es tief.

Nur allzu oft wagt sich das Genie über seine Grenzen hinaus oder fühlt sich zu siegessicher. Eine gewisse Anzahl von Fehlern ist gesund, denn sie erinnern uns daran, dass der Erfolg oft nur ein Waffenstillstand zwischen Menschen und Göttern ist, die sich sonst unaufhörlich befehden. Die weiseren Menschen werden einen Fehler nicht allzu sehr bedauern. Erfolg kann ohne Fehler ebenso wenig bestehen wie ein Bogen ohne eine Sehne oder Schwarz ohne Weiß oder Wärme ohne Kälte. Vielleicht hatte es das Schicksal gut gemeint, als es Jules' Gericht verhexte. Hinter der Perfektion lauert der Überdruss, und sicherlich lässt nichts den Geist, den von Diktatoren ebenso wie den von Köchen, so abstumpfen wie die Monotonie aufeinanderfolgender Triumphe.

In der Nacht trank Jules viel Brandy – vier Flaschen.

Einen Monat später konnte er auf seine Niederlage zurückblicken, ohne einen stechenden Schmerz zu verspüren, und weder Monsieur Paul noch Urbain kamen jemals wieder auf das Debakel mit der Waldschnepfe zu sprechen.

Der Maharadscha, jener violettschwarze Satrap, bereitete uns öfter erhebliche Probleme. Urbain mochte ihn, und Pierre tolerierte ihn seines Trinkgelds wegen. Einmal hatte der Inder versucht, den Salon für ein höchst privates kleines Festessen zu reservieren, und war verärgert, als Monsieur Melun-Perret sich weigerte, ihm den Raum an jenem Abend zu überlassen.

»Ich diniere allein«, sagte unser Lieblingsgast schnaubend. »Dieser blauhäutige Wilde! Werft ihn zu den Karpfen!«

Danach verbeugten sich die beiden Gäste nur noch sehr steif voreinander. Sicherlich waren sie sich nie vorgestellt worden, doch sie kannten einander. Diese Kluft zwischen seinen beiden Freunden betrübte Urbain.

»Seine Exzellenz ist wieder oben«, sagte Pierre eines Abends. »Er möchte ein Curry aus jungen Enten.«

»Will er das, ja? *Le cochon!* Wenn er ein Curry will, schön und gut, aber dann muss er uns sein Rezept geben!«, sagte Jules. »Diesmal soll der Gast die Schuld tragen, nicht der Koch. Ich will das Rezept, und zwar auf Papier!«

Die Currys des Maharadschas waren berühmt. Ihre Zubereitung war ein Familiengeheimnis – das zweifellos vererbt wurde, so wie der Thron und der Schmuck, den er im Hotel Durbar trug. Das Roi Nantois, unsere Konkurrenz, versuchte schon seit Jahren, an das Rezept zu kommen, und hatte große Befürchtungen, das Faisan d'Or könne es in Erfahrung bringen, dem Prinzen von Monaco oder dem Club des Cent das Entencurry servieren und diese Gäste auf ewig für sich gewinnen – und genau so geschah es!

Pierre stapfte nach oben. Kurz darauf kehrte er mit dem Sekretär des Maharadschas zurück, einem zerbrechlichen, dunkelhäutigen jungen Mann, der ein Blatt Papier in den knochigen Händen hielt. Er begann vorzulesen: »Enten – in mundgerechte Stücke zerteilt. Leicht anbraten, bis sie durch sind, dann …«

Er las mit ungewöhnlicher, flötender Vogelstimme, und Jules machte sich mit mächtigem Pfannengeklapper an die Arbeit.

»Noch einmal, M'sieu, ich flehe Sie an! Ein bisschen langsamer«, bettelte Jules.

Der Sekretär gehorchte und las uns das Rezept erneut vor. Ich suchte die Äpfel und Kräuter zusammen. Jules begann die Enten zu zerteilen, ich kümmerte mich um die restlichen Zutaten. Der Sekretär las vom Blatt ab wie ein Gerichtsdiener. Er spähte uns über die Schulter und versuchte, in die Töpfe auf dem Herd zu schauen. Ich konnte keinen einzigen Blick auf das Rezept werfen. Jules und ich vernahmen es Satz für Satz, und es war viel zu kniffelig, um es im Kopf zu behalten. Das Faisan d'Or hätte fünftausend Francs für eine Kopie davon bezahlt.

Wir waren mitten bei der Arbeit, als mit einem Lächeln Monsieur Paul auftauchte und sich vor dem Botschafter aus dem oberen Stockwerk verbeugte. Wir wussten, was er im Schilde führte.

»Es ist unentschuldbar, Monsieur, dass Sie diese Räuberhöhle besuchen müssen! Bitte verzeihen Sie! Darf ich... Sie erweisen mir doch, hoffe ich, die Ehre?« Er hielt eine Flasche Madeira hoch. »Ein kleiner Aperitif?«

Der Botschafter war zurückhaltend, aber freundlich. Sie tranken etwas. Sie setzten sich an den Arbeitstisch und tranken noch etwas, unterhielten sich dabei übers Kochen. Es war sehr heiß in der Küche, der Madeira hingegen sehr kalt, und der Sekretär hatte großen Durst. Er gestikulierte viel mit seinen langen, knochigen Händen.

Ohne Worte schmiedete ich ein Komplott mit Monsieur Paul. Das Blatt Papier lag auf dem Tisch. Ich las jedes Mal einige Sätze, wenn ich daran vorbeiging, merkte sie mir und schrieb sie auf einem Zettel hinter dem Herd nieder.

Der Stil ist ungewöhnlich, aber klar:

Man zerlege zwei junge Enten, trenne die Gelenke und koche sie in anderthalb Liter Wasser. Eine sehr große Zwiebel, zwei Äpfel und drei Stangen Rhabarber in Butter bräunen. Darauf drei Teelöffel Currypulver geben und alles nach fünf Minuten in die Brühe geben, aus dem das Geflügel entfernt wurde. Zwanzig Minuten kochen.

Man füge nun einen halben Liter Hühnerbrühe und drei Teelöffel Mehl zum Andicken hinzu und lasse das Ganze abermals zehn Minuten köcheln. Das Fleisch wieder hinzugeben, dazu die Milch einer Kokosnuss und eine Tasse des geraspelten Fruchtfleischs, drei klein geschnittene Ingwerwurzeln und ein wenig Ingwersirup, außerdem einen Teelöffel britischer Fleischsauce. In einer gebutterten Pfanne eine klein geschnittene grüne Paprika leicht bräunen, die man anschließend mit drei klein geschnittenen sehr grünen Bananen, einem zerdrückten Pimentkorn, einer halben Tasse Chutney, einem Teelöffel Salz, zwei Teelöffeln Zitronensaft und zwei Eigelb, die mit zwei Tassen Sahne aufgeschlagen wurden, in den Topf gibt. Langsam zum Kochen bringen und in einem Ring aus gekochtem Reis servieren.

Der Sekretär ging mit seinem Blatt wieder nach oben, ohne zu ahnen, dass er geplündert worden war. Als Pierre eine Stunde später nach unten kam, hatte er einen glückseligen Gesichtsausdruck. Schweigend gab er erst Jules, dann Monsieur Paul die Hand.

Es wäre leicht zu beweisen, dass gutes Kochen nur sehr selten ein Unglück hervorgerufen hat, und noch einfacher wäre es zu zeigen, dass es viel zum irdischen Glück beigetragen hat. Ich lernte jenes Rezept für meinen Bischofspalast auswendig und überließ den Zettel dann dem Faisan d'Or. Vielleicht ein Diebstahl. Aber auch ein Opfer, das ich auf dem Altar der Kochkunst dargebracht hatte. Es war das Mindeste, was Indien zur Wiedergut-machung des Schicksals hatte tun können, das es dem unglücklichen Bulgakow bescherte, eine Geschichte von einem verlorenen Gewürz und einem Ende im Wasser...

7

Köche speisen auswärts

Mein Onkel war es gewohnt, in einem Gasthaus unweit von Hyères zu speisen, das er wegen seiner ruhigen Lage oft besuchte. Es war ein alter Gasthof, über dessen Eingangstür die Köpfe von Kreuzfahrern in Stein geschlagen waren, doch sonst hob es sich in nichts von seiner Konkurrenz ab. Als er wieder einmal dort essen wollte, musste er eine halbe Stunde auf einen Tisch warten. Automobile und Omnibusse fuhren vor und spuckten Gäste aus, die wegen des Lammbratens oder der Aprikosentarte kamen. Der noch junge Ruhm des Hauses verbreitete sich schnell.

»Was hat das zu bedeuten?«, fragte mein Onkel den Inhaber, als er mit ihm ein Glas *marc* trank. »Habt ihr einen neuen Koch?«

»Immer noch denselben. Aber wir haben jetzt seinen Namen auf das Schild geschrieben. Jetzt sind wir berühmt.«

Ich bin nicht metaphysisch genug veranlagt, um das zu begreifen. Vielleicht war der Koch besser geworden und hatte sich die Ehre auf dem Schild verdient. Oder alle glaubten, dass hier der neue Napoleon der Küche arbeite, den man auf keinen Fall verpassen durfte. Allerdings würde das Feinschmeckertum in seiner transzendentalen Form in der Tat nicht existieren, wenn Köche anonym blieben.

Das Faisan d'Or war nicht nur berühmt, weil das Essen vorzüglich war, sondern weil man die Köche namentlich kannte und verehrte. Mindestens zehn von ihnen verband man mit einer Sauce, einer Garnierung, einem Dessert oder einer Zubereitungsart von Fisch oder Geflügel. Zwischen den Speisesälen und der Küche verliefen unsichtbare Drähte, die von Kurieren wie Pierre und dem Majordomus auf Spannung gehalten wurden. So flüsterten sie dem Gast beispielsweise zu, dass Blaise, Guido oder Jules momentan fabelhafter Laune sei, oder deuteten mit vor Erregung zitternder Stimme an, dass Monsieur Paul persönlich an diesem Abend etwas ganz Besonderes kreieren werde.

Auch schmeichelte es den Gästen auf subtile Weise; sie hatten das Gefühl, in die Zubereitung einer Speise einbezogen zu werden, die es genau so nie wieder geben würde. Dann schickten sie ihr Lob in die Küche oder schrieben sogar kleine Nachrichten.

Eines Abends erhielt Guido einen solchen Zettel. Beim Lesen stutzte er, dann reichte er ihn mir. Er war von Georges Melun-Perret, der schrieb, es wäre ihm eine Ehre, wenn wir in der kommenden Woche einmal abends mit ihm speisen würden.

»Wenn er einen Fuß in die Elendsviertel setzt«, sagte Guido, »dann gibt es etwas Gutes, das sage ich dir!«

Der Abend kam. Paris triefte wie ein Schwamm. Wir schlichen durch einen Nebel, der wie die Fortsetzung der Seine wirkte, und trotteten vorbei an Notre Dame, tief in die trüben kopfsteingepflasterten Gassen von La Villette hinein. Dann erreichten wir unseren Treffpunkt, ein schmuddeliges kleines Café am Ufer des Kanals. Es war laut, gefüllt mit Gerbern und Schlachthofarbeitern, allesamt durstig, streitlustig und mit ihrer Lohntüte in der Tasche. Unter den Tischen jaulten und kämpften die Hunde, wurden aber so wenig beachtet, als wären es Flöhe. An einem Ecktisch saß Monsieur Georges und sah in seinem groben Mantel und dem schlammfarbenen Schlips selbst wie ein Viehtreiber aus.

Er begrüßte uns und bestellte mit lauter Stimme heißen Grog. Wir wurden von einem Kellner mit blauem Bartschatten bedient, der Kordsamthosen und eine Schirmmütze trug.

»Diesmal haben Sie ja ein *sale trou* ausgesucht«, sagte Guido. »Sie sind also auch ein Kenner, was Spelunken angeht.«

Georges zwinkerte. »Die kennen sich mit Rindfleisch aus, die Typen hier. Die Schlachthöfe sind ganz in der Nähe. Niemand kennt Rindfleisch so gut wie Louis Jussien. Ein Freund von mir aus der Normandie, so dick wie fünf Schlachter. Er hat einen Kohle- und Holzhandel in der Nähe. Er kommt um acht, wenn er das Fleisch geholt hat.«

Melun-Perret sah auf die Uhr. »Jetzt ist es acht Uhr vorbei.«

»Also, dieser Freund von Ihnen, M'sieu Georges, der kann hoffentlich noch irgendwie Fleisch auftreiben«, sagte Guido. »Die Geschäfte haben nämlich schon geschlossen.«

»Dann haut er ein Zugpferd um und nimmt es mit nach Hause.«

Ein Mann näherte sich mit ausgestreckten Armen – ein Riese in Kordhosen, ohne Gürtel, aber mit einem Taschentuch um den Hals und mit melodischer Stimme.

»Ich konnte den Hof gerade erst zumachen!«

Er begrüßte Georges, als wäre er sein Patenkind, und uns, als wären wir Verwandte mit Taschen voller Geld und guten Nachrichten aus der Heimat. Dann führte er uns nach draußen, und sein Lachen sprengte einen Tunnel vor uns in den Nebel. Wir stiegen zu seiner Wohnung über dem Kohlehandel hinauf. Wie herrlich sie war, wie normannisch-karg! Die schweren Stühle auf dem roten Fliesenboden waren mit Leder bespannt, die Wände vorteilhaft schmucklos und vor dem Fenster stand ein großer Tisch mit einer karierten Decke. Wir setzten uns, tranken einen Wermut und blickten auf die hintere Gasse, in der der Nebel in Wellen wogte wie in einem Brunnen.

»Letztens saß ich hier«, sagte Louis, »da gingen unter der Laterne zwei Ochsen vorbei. Groß wie Lokomotiven! Schnell lief ich zum Schlachthof. Zum Glück war mein Cousin Guillaume noch da. Da ließen sich hübsche Filets draus schneiden, das sage ich euch.«

»Wirklich?« Melun-Perret trommelte mit den Fingern auf den Tisch. »Wir brauchen zehn Kilo Filet für unser Clubdinner im Dauphine-Royale.«

»Wer kocht es?«

»Bosque, glaube ich. Hat sein Handwerk im Faisan d'Or und bei Foyot gelernt.«

»Bosque! Der hat kein Fleisch im Blut! Sein Vater war Schlosser, wisst ihr.«

Guido warf Louis einen bewundernden Blick zu. Der

Mann war ein Original und nicht grundlos ein Freund von Melun-Perret, dessen Urteil unfehlbar war. »Aber, Monsieur, es gibt Menschen, die Bosque für einen guten Koch halten.«

»Die haben unsere Filets noch nicht gesehen«, sagte Louis. »Marie! Die Garnelen!«

Eine *femme de ménage* mit breiten Hüften brachte ihm eine Schüssel mit Garnelen in einer schweren weißen Sauce, die zur Hälfte aus Kalbsbrühe bestand. Sie war gekühlt und gewürzt und mit Knoblauch abgeschmeckt. Dann trug die Frau ein Tablett mit einigen Zutaten herbei. Louis betrachtete es und schielte dabei mit einem Auge zu Melun-Perret hinüber.

»M'sieu Georges, Sie können es sich schon denken – Sie werden es anrichten.«

»Garnelen à la Mirabeau«, sagte Melun-Perret und krempelte die Ärmel hoch. »Sie gestatten.«

Er rührte ein wenig Rindfleischextrakt in Zitronensaft, gab eine Handvoll entsteinter schwarzer Oliven und ein paar Sardellenstreifen hinein und vermengte alles. Dann fügte er zerrupfte Brunnenkresse hinzu, hauptsächlich die Blätter.

»Eine kleine Schwäche von mir, aber wenn Sie erlauben …« Er stieß die Messerspitze in einen Topf mit essigsaurem Senf. Louis hob segnend die Hand über die Verbindung, während Melun-Perret alles zu einer perfekten Einheit verrührte.

Nachdem wir unsere Teller leer gegessen hatten, fragte Louis mit dröhnender Stimme: »Warum Mirabeau? Warum diese Hommage?«

»Sicherlich als Anerkennung gewisser Meriten«, sagte

Melun-Perret. »Die Künste können sich solche Höflichkeiten leisten. Denken Sie nur an die *Sauce Diable,* die Teufelssauce.«

Marie schleppte ein schweres Tablett mit vier mammutgroßen Nieren heran, deren rubinrotes Fleisch uns in einem Gewebe aus Fett zuwinkte. Wir mussten sie betasten und bewundern. Louis persönlich schob sie in den Ofen, wo sie wie chinesische Knallfrösche brutzelten und krachten.

»Valmonte«, sagte Melun-Perret voller Bedauern und legte eine Handvoll Zigarren auf den Tisch. »Mein armer Duca di Valmonte! Wenn er doch nur hier wäre!«

»Zwei Ochsen geben nur vier Nieren«, sagte Louis vorwurfsvoll. »Die reichen kaum für uns!«

Der Dunst des im Ofen bratenden Fleisches war wie sichtbar gewordenes Aroma. Das fünfte Glas des bernsteingoldenen Weins schmeckte besser als das erste. Weitere Flaschen beschlugen auf der Fensterbank, und Louis öffnete bereits die nächste. Ich fand, dass der noch junge Abend schon jetzt unvergesslich war: Die Gespräche waren heiter, die Getränke erlesen.

Die Erinnerung an ein gut zubereitetes Gericht verblasst, wenn die anderen Gäste am Tisch langweilig waren. Man kann zwar selbst langweilig sein, wie Brillat-Savarin, dieser angesehene fette Rechtsanwalt, und trotzdem gut essen, aber nur wenn man Vorsorge trifft und sympathische, geistreiche Menschen zum Mahl einlädt.

Mit einem Auge auf der Uhr begab sich Louis an den Herd. Voll aufrichtigem Stolz präsentierte er uns die Nieren. Sie waren durchgebraten und gesprungen wie altes Porzellan. Er schnitt sie in fingerbreite Stücke und röstete sie eine Minute in der Flamme. Wir nahmen die Scheiben von dem heißen Holz und verzehrten sie mit darübergestäubtem Salz. Wie sie knackten!

Die Zugehfrau brachte uns heißes Brot in einem Tuch und kalte Tomatenachtel. Keine Mahlzeit hätte schlichter sein können. Belebt wie nach der Flut spürten wir, dass sich unsere körperlichen und geistigen Kräfte regenerierten. Melun-Perret aß in langsamer Trance. An seinem Gaumen wechselte sich das magere Fleisch mit der wächsernen Knusprigkeit des Fetts ab. Die Nierenscheiben verschwanden. Es war nichts mehr übrig.

»Messieurs?«, sagte Louis und wies auf den Rest Brühe, der noch auf dem heißen Brett stand. Guido und ich schüttelten den Kopf. Ehrfürchtig tupfte Louis eine Kruste in einen Fleck Brühe. Doch es war nicht nur ein Fleck, sondern eine ganze Mulde. Das Brot sog sich mit Flüssigkeit voll, und Louis reichte es Melun-Perret, der wenig überzeugend protestierte.

»Diese Mulde«, sagte Louis, »die hat mein Vater mit einem Geldstück eingeritzt. Er war Bauer und kannte sich mit ehrlichem Fleisch aus. Das ist – wie soll ich sagen? – ein Andenken an ihn.«

Über der lodernden Flamme kochte er Kaffee und trug ihn in einem verrußten Topf an den Tisch. Inzwischen tranken wir Cognac aus einer bauchigen Flasche. Er war alt und kräftig, das Erbstück von einer Großmutter aus Angoulême. Mit dem Glitzern geschüttelten Stanniolpapiers verteilte er sich über Stimmbänder, Gaumen und Hals.

Louis füllte unsere dickwandigen weißen Tassen mit dem Aufguss.

»Bei mir im Hof ist ein Sägewerk, der Mann ist beneidenswert. Er besitzt nämlich ein Leck in seinem Motor. Darunter steht immer ein Kaffeefilter. Alle zehn Minuten – zisch! – kommt ein bisschen Dampf. Mittags wird er mit einer besseren Tasse belohnt, als wir sie je bekommen werden.«

Wir saßen länger beim Kaffee als beim Essen. Er war glühend heiß, teerschwarz und aromatisch. Melun-Perret beugte sich mit geschlossenen Augen darüber und sog den Duft ein. Seine Zigarre drehte sich selig zwischen seinen Lippen. Die gebratenen Nieren und der Kaffee hatten ihn zum Schweigen gebracht. Die Neigung des Menschen, etwas zu loben, oft auf so dümmliche Art, kommt ihm angesichts einer Leistung von höchster Qualität abhanden. Mit bescheidener, stiller Freude genießt man einen Sonnenuntergang, der schöner ist als sonst, ein Stück von Molière, ein Mahl von vortrefflichster Güte. Um unsere Erinnerung zu schärfen, sprechen wir anschließend in den höchsten Tönen davon.

Die Frau ging nach Hause. Louis brühte noch ein Kännchen Kaffee auf. Ich trank ihn schwarz. Guido gab viel Zucker hinein. Louis versetzte ihn mit Cognac, und Melun-Perret goss seinen Kaffee über einen Kringel Mandarinenschale. Wo kein Kaffee ist, sagen die Araber, ist keine fröhliche Gesellschaft.

»Wir sollten dem Doktor di Valmonte eins von diesen Filets bringen«, sagte Guido schließlich. »Auch wenn er darauf bestehen wird, es mit einer Prise Salz zu essen.«

»Trotzdem«, sagte Melun-Perret nachdenklich. »Es gibt niemanden, der einen empfindlicheren Gaumen hätte oder einen neugierigeren.« Er zündete sich eine weitere Zigarre an. Der wattige Rauch gesellte sich zum Nebel vor dem Fenster. Ein Augenlid hing schlaff herunter – ein sicheres Zeichen, dass der Geschichtenerzähler in Melun-Perret in Stimmung kam.

»Als ich di Valmonte kennenlernte, wohnte er am Canal Grande in Venedig. In seinem *palazzo* pflegte er die Kunst des guten Speisens. Er trieb sie so weit wie irgend möglich. Noch mehr jedoch galt ihm die Freundschaft, vielleicht eine Schwäche, aber es war sein gutes Herz, das daran Schuld trug.

Seine Bankette waren epochal. Stellen Sie sich meine Beklommenheit vor, als ich einmal drei Wochen im Voraus eingeladen wurde. Mit drei Bekannten machte ich mich auf den Weg, wir fuhren in einer Gondel über den Canal Grande durch einen Nebel, der dichter war als Schafwolle. Der Palast war sehr alt, er ragte fünf Stockwerke hoch aus dem Schlamm, in den er zur Zeit der ersten Dogen gesetzt worden war. Ein bisschen verfallen und sehr feucht, aber unbestritten vornehm.

Ein Portier mit einer Sturmlampe erwartete uns am Treppenabsatz. Er hatte einen Trauerflor am Arm, erinnere ich mich, und trug einen edlen Dreispitz. Schließlich waren die Gäste Mitglieder der Royal Gastronomic Society. Er führte uns eine Treppe nach der anderen hinauf. Es ging immer höher, über steile Wendeltreppen, wie in einer Radierung von Piranesi. Wir sahen Statuen, antike Gobelins und von der Feuchtigkeit zerfressene Wandgemälde, die wie Wimpel im Wind wehten.

Das obere Stockwerk war imposant, dort drängten sich Personen von hoher Stellung und würdevollem Auftreten. Unsere Umhänge wurden uns abgenommen. Ein bejahrter Diener – er hätte ein verkleideter Kardinal sein können – brachte mir einen Manzanilla als Aperitif. Mir fiel auf, dass seine Hand leicht zitterte und ein blauer Schatten die Blässe um seine Augen unterstrich.

Deshalb wunderte ich mich nicht, als ich um mich herum gemurmelte Beileidsbekundungen vernahm. Madama, die Großtante von Valmonte, war sechs Tage zuvor auf der Treppe gestürzt. Auch wenn Valmonte nicht ihr Günstling gewesen war, hielt er sich voller Anstand von der Gesellschaft und seinen Lieblingsrestaurants fern. Das Festessen jedoch konnte nicht verlegt werden. *Noblesse oblige!*

Mit gesenkten Köpfen begaben wir uns in die *sala,* wie bei einem Leichenzug. Dort wartete der Tisch auf uns.

Er war von zurückhaltender Pracht, bedeckt mit einem goldbestickten Tuch und darüber einem Stoff wie bei einem Katafalk. Auf dem Tisch standen Wachskerzen in Silberhaltern. Der Salat bestand aus angefrorenem Gemüse, Basilikum und großen Alraunen, in deren Zweigen Sardellen, eingelegte Napfschnecken, Wachteleier, Oliven, Hahnenkämme, Leckereien von Languste und Hummer und weiteres kleines Gemüse hingen – eine Ernte, die in einem Regen von Kaviardressing schimmerte.

Dann kamen Seebarben, gebratene Lerchen, Trüffel und Artischocken. Mit allem verwob sich die rote Handschrift herrschaftlicher Weine. Aber ich werde Sie nicht mit den Details des Banketts langweilen, das weit über die Gewöhnlichkeit purer Perfektion hinausging. Das Fleisch war so edel, dass alle Speisen davor lediglich ein Vorspiel gewesen waren. Es gab Filet à la Chateaubriand.

Ich war verwirrt. Meine Nachbarn, auf der einen Seite Duruy und auf der anderen Monsieur Gilbert Emery, der Schauspieler, waren zuerst halbwegs einer Meinung, dass es sich um Charolais-Rind handelte. Dann waren wir nicht mehr so sicher. Ich mutmaßte, es sei Rind von den Marschwiesen der Toskana, wo sich die Tiere von Farn ernähren. ›Vielleicht Zebra?‹, flüsterte der Schauspieler, der schon einmal bei di Valmonte diniert hatte.

Zebra ist im Ganzen süßer. Also rätselten wir weiter, vermuteten dies, wiesen das zurück. Kein Feinschmecker in Italien konnte Valmonte in seinen absonderlichen Launen durchschauen. Er hatte schon Ibis vom Nil, Bär aus dem Ural, Frischlinge aus den Pyrenäen und Moschusochsen von woher auch immer serviert.

Der Mann zu meiner Rechten legte seine Gabel beiseite. Ein Gedankenblitz erhellte seine Züge.

›Es sollte mich nicht wundern‹, flüsterte er, ›wenn das hier ein Braten von der alten Herzogin wäre.‹«

Louis schlief. Den ganzen Tag hatte er Pyramiden von Holz aufgestapelt und war den ganzen Abend ein großartiger Gastgeber gewesen. Wir brachen auf und bummelten zu Les Halles, um uns anzusehen, wie das Gemüse angeliefert wurde. Mit Planen bedeckte Karren zogen wie Elefanten an uns vorbei. Die Pferde an den Trögen hoben unter den Laternen ruckartig die Köpfe. Das Wasser tropfte wie arabische Krummsäbel in schillernden Bögen von ihren Lippen. Es dämmerte, und wir trieben uns bis fünf Uhr herum, die Kragen hochgeschlagen, um mit den Kutschern eine heiße Suppe zu frühstücken.

8

Manuel, der Inka

Seit Monaten merkte ich, dass Freda auf meine Aufmerksamkeiten immer zurückhaltender reagierte, auch wenn sie dabei freundlich blieb. Den ganzen Sommer über hatte sie Ausreden gefunden, um mich nicht zu einem Picknick nach Sèvres oder nach Versailles begleiten zu müssen, sie hatte sogar die Einladung zum Ball der Midinettes abgelehnt. Rémy hatte Paris verlassen, um von seinem Vater das Hotelgewerbe zu erlernen. »Ich werde mich hocharbeiten müssen«, schrieb er mir, »und ich habe im kleinsten Ghismont-Hotel angefangen, auf dem kleinsten Berg, das ist die unterste Sprosse der Leiter.« Seit August war er fort, jetzt war es fast schon November.

Ich wusste, dass er Freda liebte, wollte sie aber nicht einfach aufgeben. Ich schrieb Freda eine Nachricht nach der anderen, bis sie sich schließlich einverstanden erklärte, mit mir auszugehen, nicht zum Tanzen, nicht ins Theater, sondern nur, um mit mir zu sprechen. Als ich in ihre Wohnung kam, war ihre Tante so kühl wie ein Schweizer Gletscher. An ihrer Steifheit und ihrem Schweigen merkte ich, dass sie unsere Verabredung missbilligte. Dennoch machten wir uns auf, fuhren schweigend im Taxi zu Chez Kasbah, einem Stammlokal von uns.

Der alte Marokkaner brachte uns kleine Drinks. Er bediente uns mit übertriebenem Eifer. Offenbar spürte er, dass etwas nicht in Ordnung war. Zwischendurch erkundigte er sich, ob wir etwas von Rémy gehört hätten, was der Stimmung nicht gerade zuträglich war. Dann schaltete er ein Grammophon mit einem lilienförmigen Trichter ein, legte eine knackende Schallplatte auf, so als hoffe er, die wilde, martialische Musik von Trommeln und Flöten wie von einem primitiven Wüstenstamm würde uns zum Tanzen bewegen. Plötzlich brach in einer Ecke eine Messerstecherei aus, und Gendarmen stürzten herein, um die beiden in tödlicher Umarmung verkeilten Marokkaner abzuführen und in den Polizeiwagen zu bugsieren. Die grüne Minna stand nicht selten vor Chez Kasbah.

»So ein Jammer«, sagte ich zu Freda, »aber es war nur eine kleine Meinungsverschiedenheit. Da es jetzt ruhig ist – hast du wirklich keine Lust zu tanzen?«

»Eigentlich nicht«, erwiderte sie leise. »Ich habe dir schon gesagt, dass ich nicht die Absicht habe zu tanzen.«

»Und zu sprechen?«

Sie war kurz angebunden. »Ich hatte gehofft, du hättest inzwischen gemerkt, dass sich meine Gefühle geändert haben, Jean-Marie. Ich habe vor, in Kürze Rémy zu heiraten.«

»Ich hätte es wissen müssen«, sagte ich traurig. »Aber ich hätte nicht im Traum gedacht, dass du so viel für ihn empfindest. Das ist mit Sicherheit meine Schuld.«

»Nein, Jean-Marie, niemand hat Schuld daran. Ich bin es, die sich geändert hat, und als Rémy mir einen Antrag machte, sagte ich zu. Das war am Tag seiner Abreise. Morgen werde ich in die Schweiz fahren.«

Sie weinte ein wenig und zerrte an dem Ring, den ich ihr geschenkt hatte, doch er wollte sich nicht von ihrem Finger lösen. Ich beschwor sie, ihn als kleine Erinnerung an unsere Freundschaft zu behalten. Wir verstummten. Dann ging ich hinaus, pfiff ein Taxi herbei und brachte sie nach Hause. Vor der Haustür hielt sie mir ihre Wange zum Kuss hin. Betäubt ging ich zu meiner Wohnung. Wenn ein Schauspieler zufällig unter dem Vorhang steht, wenn er fällt, ist er verständlicherweise perplex.

Es war ein melancholischer Herbst für mich; viele meiner Freunde waren fort. Pom-Pom, der kleine Siamese, bekannte, er suche die Nordische Absolution, und ging nach Schweden, um dort Fjorde zu malen. Guido zog nach Amerika, nach Long Island, wo ein Cousin von ihm ein kleines Grundstück und ein Wohnhaus gekauft hatte, das sie zu einem vornehmen Lokal umbauen wollten. Er flehte mich an, ihn zu begleiten, doch ich lehnte ab. Wenn ich schon irgendwo traurig sein musste, dann am liebsten in Paris. Außerdem hatte ich gerade eine Verlobungsanzeige von Freda erhalten.

»Das ist wirklich schade, alter Knabe«, sagte Guido. »Ich bin mir sicher, dass sie dich geliebt hat. Das Ganze ist keine persönliche Entscheidung, würde ich sagen. Es ist eine Fusion der Interessen der Familien Koepfli und Ghismont.«

»Das ist gemein!«, widersprach ich.

»Ist es«, stimmte Guido zu. »Genau wie das Leben. Auf deine Gesundheit, Jean-Marie! Und versprich mir, dass du zu mir nach Long Island kommst, wenn das Leben in Paris dich noch mehr langweilt.«

Es dauerte Wochen, bis meine Lebensgeister zurückkehrten. Paris wirkte leer, die Welt wirkte leer. Freda, Rémy, Pom-Pom und der Traum vom Bischofspalast unten an der Rhône waren dahin, ebenso das Schild, das sanft in der Brise schwang, und die Bienen, die im Garten um die Stöcke schwärmten.

Dann kam Manuel, der Kolumbianer, auf einen kurzen Besuch zurück. In diesem Herbst war er der einzige meiner alten Kommilitonen aus der Akademie von Beynac, der sich in Paris aufhielt.

Ich denke, ihm fehlten die alten Beynac-Leute ebenso wie mir. Jede Nacht wartete er im Faisan d'Or auf mich, um mit mir im Park spazieren zu gehen oder im Café Select zu sitzen und Kaffee zu trinken.

Rémy beharrte immer darauf, dass Manuel bei seiner Ankunft in Paris Federschmuck auf dem Kopf und einen Umhang getragen habe – eine Übertreibung mit einem wahren Kern, denn Manuel war so distanziert wie ein Priester der Inka, wortkarg und verschlossen. Seine ehrgeizigen, mehr als halb indianischen Verwandten hatten ihn immer noch unter ihrer Fuchtel.

Wir halfen unserem Kolumbianer, erwachsen zu werden. Wir führten ihn ins Leben ein, nahmen ihn mit in Cafés, Revuen, Theater und drängten ihn auf den Weg nach oben. Schließlich trank er kannenweise schwarzen Kaffee statt kannenweise ungesunde süße Schokolade. In unserer Begleitung speiste er gut beraten im Dauphine-Royale oder im Noël Peters.

Innerlich machte er eine gewaltige Wandlung durch.

Er wurde ein Ballettnarr. Als Flaneur übertraf er uns alle. Er hatte eine Geliebte – ein schmuckbehangenes, stämmiges, blondes flämisches Mädchen. Er war bekannt im Café Select, wo er fast jeden Abend mit der Flämin essen ging. Der Kellner brachte ihm immer dieselbe Cafetière – ein silbernes Gerät mit einem aufgeprägten »M«.

Dann kehrte Manuel zu seiner Familie und seinem Vieh zurück. Er ging, weil er musste, und es brach ihm das Herz. Die Flämin heulte und tobte trotz des schönen Geschenks, das er ihr zum Abschied gab; sie mochte ihn wirklich, das arme Ding. Aber sie hatte Anstand und bewies es, indem sie brav zu ihrem Mann nach Brüssel zurückkehrte.

Manuel schrieb mir hin und wieder. Er fand, er habe sich zu stark verändert, wie alle halb indianischen jungen Menschen in der trübsinnigen Hauptstadt Bogotá, hoch oben in den Anden. Auf dem Dach der Welt gab es viele wie ihn: Verzweifelt hielten sie dem Anschein nach das Leben aufrecht, das sie in Paris geführt hatten. Sie speisten irgendwelche kläglichen Menüs, trugen Umhänge und Klappzylinder und gingen ins Theater, wo ein Cowboyfilm zu schlechter Musik aus dem Orchestergraben gezeigt wurde.

»Einige von ihnen haben ein Flugzeug«, erzählte Manuel mir, »sie fliegen mit dem Kondor, um ein bisschen mehr Sonne und Wärme zu spüren. *Los pobres!* Es sind Verbannte, ihr Leben ist trostlos. Über den Anden ist die Luft dünn, ewig heult der Wind und schreit wie ein Dieb auf der Flucht. Oft zerschellen die Flugzeuge an den Berghängen. Ein paar von den Männern heiraten.

Manche schließen sich einem Bußorden an und schleichen mit Kerzen und Kutte durch die dunklen Gassen der Stadt, und der metallische Klang gewaltiger Glocken nagt an ihrem traurigen Herzen.«

Und so war Manuel froh, an diesem Abend bei mir zu sein. Förmlich und massig saß er da in einem schlecht geschnittenen deutschen Anzug, gelben Schuhen und einer veilchenblauen Krawatte, schweigsamer und indianischer als je zuvor. Unsere Reformarbeit an ihm war umsonst gewesen. »*Mon cher* Manuel, wie lange bleibst du diesmal bei uns?«

»Zwei Wochen.«

»Das ist lächerlich!«

Er ließ sich nicht umstimmen. Er müsse zu seiner Viehfarm oben in den Anden zurück, er sei nur geschäftlich in Paris.

»Zurück nach Bogotá?«, fragte ich.

»Da fahre ich nie hin.« Er zuckte mit den Achseln. »Nach Paris will ich keine andere Stadt mehr sehen.«

»Bist du vielleicht verheiratet?«

Er sah mich mit einem eisigen Blick aus seinen verhangenen Augen an. Die Asche an seiner Zigarre wurde immer länger und fiel schließlich auf seine Weste.

»Kann man zweimal lieben?«

Langsam paffte er die Zigarre. »Ich lebe allein auf meiner *estancia,* nur mit ein paar Gauchos. Oft reite ich los, wenn mir die Gedanken zu viel werden. In der Einöde schlage ich mein Lager auf und sitze die ganze Nacht vor einem Feuer. Dann koche ich mir Kaffee in einer silbernen Cafetière mit einem ›M‹ darauf, die der Kellner eines bestimmten Pariser Cafés mir besorgt hat. Welch ein Aroma! Welch ein Trost! Ich bin woanders und nicht mehr allein. Kannst du das verstehen?«

Eine neue Umgebung kann eine heilsame Wirkung haben. Mithilfe des tatkräftigen Manuel zog ich in eine Pension in einer Seitenstraße der Bastille um. Die Wohnung war zwar feucht, der Putz hatte große Wasserflecke, die die Farbskala des Weins abdeckten, doch sie war angenehm. Es war ein langer Raum mit Haken an den Wänden zum Aufhängen von Kleidung, mit einem Waschbecken und ein paar Möbelstücken. Die Fenster, die auf drei Jahrzehnte Geschichte herabgeblickt hatten, gingen auf Buchen und einen Kiosk voll grellbunter Zeitschriften hinaus. Es gab keinen Concierge, keinen mürrischen Hausmeister am Eingang, der das Kommen und Gehen überwachte und Briefe so lange zurückhielt, bis man ihm ein *douceur* zahlte. In einem Torbogen neben einem Tabakladen, bei dem man auch die monatliche Miete bezahlte, ging man einfach eine Treppe hinauf.

Manuel zog alte Sachen an und machte sich daran, die Wände und Decken meiner neuen Wohnung mit stürmischen Szenen zu bemalen: Momentaufnahmen der Revolution, Bilder von Watteau und Fragonard, Andenlandschaften voller Vulkane, schnaubende Bullen, Kondore und nicht weniger als fünf Porträts von Simón Bolívar an dramatischen Wendepunkten seines Lebens – wie er eine Schlacht anführte, Abkommen unterzeichnete oder den Himmel mit seinem Schwert stützte. Manuel hängte eine Leinwand in den Raum und unterteilte ihn so in eine Zimmerflucht. Den Raumteiler verschönerte er mit Aktstudien und Gottheiten, die inmitten wogender Wolken herumtollten. Ich besorgte mir weitere Möbel, und Manuel schnitt für Schreibtisch und Kleiderschrank Löcher in die Trennwand, damit sie nicht so tief in den Raum hineinragten. Wir gaben eine kleine Einweihungsfeier, und am nächsten Tag brach der durch seine Beschäftigung mit der Kunst wiederhergestellte Manuel auf nach Kolumbien, in die Heimat seiner Vorfahren.

In jenem Herbst fand Beynac sein Ende; die Akademie wurde abgerissen, um Platz für einen Kinopalast zu schaffen – ein Beispiel dafür, wenn der Fortschritt in die falsche Richtung geht –, und mit ihr abgerissen wurde das alte Mietshaus nebenan, wo so viele Schüler gewohnt hatten. Entsetzen ergriff uns, als wir die ersten Gerüchte von der bevorstehenden Zerstörung hörten. Es war, als würde man das Pantheon oder die Gobelin-Manufaktur abreißen oder noch schlimmer, denn bei dieser Katastrophe waren wir emotional beteiligt. Der Meister persönlich war der Letzte, der ging. Trotzig bis zum Ende blieb Beynac in seinem Büro, bewaffnet mit einem Rohrstock, und er blieb dort, bis die Tür aus den Angeln gehoben und die Treppe mit einem an einem Lastwagen befestigten Seil herausgerissen wurde. Tosend fiel sie in einem Rauchpilz aus Gips und dem Staub von drei Jahrhunderten in sich zusammen.

Dann erschien Beynac am Fenster, hob die Hand und hielt eine Rede. Es war eine sehr anrührende Rede, und sein dünnes, durch die Empörung gekräftigtes Stimmchen übertönte das Prasseln eines heftigen Wolkenbruchs. Beynac beklagte die Grausamkeit der Moderne, die so gleichgültig gegenüber den Schönheiten der Vergangenheit war. Alle, die zu ihm aufschauten – Schüler,

Gendarmen, Zeitungsjungen und Tischler –, hielt er an zu bedenken, was unsere Vorfahren geleistet hatten, und unseren Geist mit den anmutigen, erstaunlichen Meisterwerken längst vergangener Jahrzehnte anzuregen.

»Ein halbes Jahrhundert habe ich gekämpft, um dieses Gebäude für euch zu erhalten. Die Alte Garde hat nicht kapituliert. Sie ist gestorben.«

Eine Leiter wurde für ihn aufgestellt. Er kletterte aus dem Haus und stieg nach unten, eine aufgerollte Leinwand unter dem Arm, und der Regen prasselte auf seinen Regenmantel und seinen schlohweißen Schopf. Manuel und ich halfen ihm die Leiter herunter und verfrachteten ihn in ein Café-Restaurant im Bois. Seine Lebensgeister kehrten zurück, er fügte sich in sein Los, war sogar erleichtert und erzählte uns beim Essen und bei den anschließenden Zigarren, dass das Schicksal eingegriffen habe und ihn jetzt zu seinem Landhaus schicke, wo er Stockrosen züchten und nach Herzenslust Forellen angeln könne. Ich nehme an, ihm kam nicht der Gedanke, dass nur zwei der Tausenden von Schülern, die er unterrichtet hatte, am Ende bei ihm waren – ein unbekannter Souschef und ein kolumbianischer Indianer mit starrer Miene. Ebenso vermute ich, Beynac kam nie der Gedanke, dass diese beiden Schüler das Gefühl hatten, unermesslich tief in seiner Schuld zu stehen.

Zahlreiche Erinnerungen rankten sich um Beynacs Akademie. Rémys Wohnung war in dem Stockwerk über der Kunstschule gewesen, und dort kamen wir einmal in den Genuss eines unerwarteten Festmahls. Verschwenderisch und großzügig, wie Rémy war, lud er oft Freunde zum

Essen ein, selbst wenn seine Taschen und seine Vorrats-
kammer leer waren.

An jenem denkwürdigen Abend waren fünfzehn von
uns spontan dazugebeten worden. Da das Monatsende
näher rückte, waren die meisten Gäste knapp bei Kasse;
doch glücklicherweise brachten einige von uns, die Er-
fahrensten, Brot und *jus de parapluie* mit, billigen Rotwein. Nachdem sich Rémy hinter der geschlossenen Tür
von mir hundert Francs geliehen hatte, zog er los, um
ein paar Köstlichkeiten in dem italienischen Speiselokal
drei Straßen weiter zu kaufen. Kurz darauf hielt der
Wagen einer Lieferfirma vor der Akademie. Inmitten des
Tumults auf der Straße – an jenem Tag war gewählt
worden – schlurften Portiers die Treppe herauf, schwankend unter dem Gewicht der Tabletts. Jener Lieferwagen
war ein Füllhorn auf Rädern. Es wurden Rinderbraten,
Puten, Gänse, Gemüse, Salate, Eiscreme, Wein und Suppe
nach oben gebracht. Schildkrötensuppe, in großen Ter-
rinen! Die Kellner deckten den Tisch, teilten sofort die
Suppe aus und schenkten dazu Madeira ein.

»Ein Festmahl!«, rief Manuel, ausnahmsweise red-
selig. Er hob sein Glas. »Lasst uns essen. Auf Rémy, den
guten alten Rémy!«

Wenn der Zimmerboden nicht so dick gewesen wäre,
hätten die Konservativen und ihr Präsident, der neu gewählte Abgeordnete LaPlanche, unter uns den launigen
Trinkspruch gehört. LaPlanche hätte großes Interesse an
den Speisen gehabt, denn er war einer der wählerischsten
Stammgäste bei Noël Peters und im Faisan d'Or. Nie war
in dieser Mietskaserne ein solches Bankett aufgetragen,
nie war eines mit solcher Gier verschlungen worden. Es

war genug für fünfundzwanzig Personen. Der Kellner löste lediglich die Brüste aus und schenkte den ältesten Wein zuerst ein. Er war fingerfertig, denn er war ein guter Kellner vor dem Herrn und vertrat ehrwürdig das Haus, das ihn geschickt hatte.

Als sich die Tür öffnete, waren Speisen und Champagner im Wert von Hunderten von Franc verputzt. Da stand Rémy mit einer Korbflasche Rotwein, ein wenig Brot und in Papier eingewickelten Würstchen und Pommes frites. Gebannt schaute er uns an. Sein Mund öffnete sich, er hatte den ehrfurchtsvollen Ausdruck eines Menschen, der ein Wunder vor sich sieht. Der Kellner beugte sich konzentriert über ein Gericht, goss glühendheiße Sauce auf eine Gänseleber für Pom-Pom, der sich glücklich wähnte, wenn er einmal im Monat ein Würstchen essen konnte. Steif hob Rémy den Arm. Er zeigte auf den Tisch.

»Was ist das? Wo kommt das her?«

Manuel, dessen Mund vor lauter Gans und Orangen fast platzte, machte große Augen.

»Von wem kommt das?«, fragte Rémy erneut.

Da wussten alle, dass etwas nicht stimmte.

»Sind das nicht die Herren der konservativen Partei?«, fragte der Kellner und wurde blass.

»Konservative!«, rief Rémy. »Hier doch nicht! Wir sind Royalisten, der eine oder andere Kommunist und ein Indianer sind auch dabei – aber Konservative, nie! Nicht in diesem Stockwerk!«

Der Kellner hob langsam die Hände zum Kopf und raufte sich die Haare. Er brüllte. Er drehte durch. Er war nicht in der Lage einzusehen, wie einfach der Fehler zu erklären war. Der neu gewählte Abgeordnete hatte das Essen bestellt, es sollte nach einer Konferenz im Club unter uns serviert werden, weil der eigentlich vorgesehene Raum gerade gestrichen wurde. Als die Lieferanten eine Gruppe von Herren im oberen Stockwerk in höchst erwartungsvoller Haltung gesehen hatten, begingen sie den erklärlichen Fehler.

Es war eine mühsame Aufgabe, dem Kellner das zu erläutern. Er wurde gewalttätig. Ein, zwei Minuten lang schien zweifelhaft, ob wir mit dem Leben davonkommen würden. Der Kellner gehörte zu der Sorte, die sich mehr vor der Schande als vor dem Tod fürchtet. Er flüchtete, rief nach den Gendarmen und nach dem Abgeordneten LaPlanche, der mit Sicherheit empört war und eventuell sogar tobte. Was die Gäste betraf, für die bot das Fenster den schnellsten Weg nach draußen. Und den nahmen wir.

9

Der Bürgermeister in der Dachkammer

Mit der Zeit wuchs mir das Viertel ans Herz; es war klein, provinziell und so selbstzufrieden, wie es nur ein Quartier in Paris sein kann. Der Schweinemetzger, der um sieben Uhr schloss, um sich seiner Klarinette zu widmen, stellte mich den anderen Ladenbesitzern, den Frauen aus dem Zeitungskiosk und in dem Café vor, wo sich meine Nachbarn regelmäßig trafen. Das war unser Club. Dort saßen wir abends zusammen, um die Geschehnisse des Tages zu besprechen. Gustav, der Barbier mit dem fächerartigen Bart, ein echter Samson, hatte zum Ruhme unseres Viertels erneut den Dauerwellen-Wettbewerb auf dem Jahrmarkt von Batignolles gewonnen. Die Katze des Tabakwarenhändlers, die in die Ulme neben dem Kiosk geklettert war, verschmähte immer noch die Lockangebote von Leber und einer Untertasse Milch. Ein alter Mastiff hatte es nach jahrelanger Vernachlässigung vorgezogen, unter den Rädern eines Lebensmittellieferwagens sein Leben auszuhauchen. Sollte sein Besitzer, Monsieur Justine, der jetzt laut jammerte, eine finanzielle Entschädigung fordern oder sich mit einer Kiste Fleischkonserven und anständigem Wein zufriedengeben?

Nach den Unglücksfällen in der Tierwelt war Politik das Thema Nummer eins in unserem Club. Der Bürgermeister, ein rosiger, dickbäuchiger Mann mit starker Brille und einem Kinnbart, saß mittwochs abends der Versammlung vor, die zu einer festen Einrichtung geworden war. Monsieur Lambert war kein richtiger Bürgermeister, der Titel war lediglich ein Tribut an seine Gelehrtheit und sein Ansehen. Er wohnte neben mir in einem großen Raum am Ende des Ganges. Lambert hatte ein kleines Einkommen, das ihn gerade so am Leben hielt und ihm ein Dach über dem Kopf sicherte. Ein Verwandter von ihm, ein Bauer aus der Nähe von Aurillac, schickte ihm einmal im Monat einen edlen Cantal-Käse, denn Lambert war nicht nur Philosoph, er war auch ein Käsekenner.

Den ganzen Tag saß er an seinem Fenster, beleibt und gelassen, und betrachtete das bunte Treiben auf der Straße, die Bäume, die spielenden Kinder und die leuchtend grünen Busse, die hinaus aufs Land fuhren, das er seit dreißig Jahren nicht mehr gesehen hatte. Er machte sich Notizen, las in dicken Büchern und erstellte Lebensmittelkataloge für Firmen wie Félix Potin.

Es ist nicht immer alles logisch in der Welt, aber darum ist sie nicht schlechter. Eine Gruppe Radikaler, deren Café in der Nebenstraße lag, trat an Monsieur Lambert heran und fragte ihn, ob er ein Flugblatt für sie verfassen könnte. Er empfing sie kühl, wie es sich für einen Royalisten gehört.

»Ich bin Philosoph, Messieurs, kein Bombenleger.«

»Genau«, sagte der Wortführer. »Wir hätten gerne ein philosophisches Flugblatt. Keine groben Ausdrücke, wissen Sie. Wir möchten mal zur Abwechslung schöne Literatur.«

»Wie in der Encyclopédie française?«

»Genau so!«

Lambert machte sich an die Arbeit und schmierte ihnen etwas hin, so wie ein vornehmer Arzt das Rezept für einen kranken Maultierhuf ausstellen würde. Die Radikalen waren dankbar. Sie zahlten ihm zweihundert Francs. Es war ein gelehrter Artikel, niemand wurde so recht schlau daraus. An jenem Abend polierte Lambert seinen besten Spazierstock und ging fein essen.

Durch eine versehentlich fehlende Lizenz wurden die Verteiler geschnappt, die Flugblätter konfisziert und in ein Lager gebracht.

Monate später wollte die Verwaltung des Arrondissements Mitteilungen versenden. Es musste über Verbesserungsmaßnahmen abgestimmt werden – neue Bürgersteige und ein Kanalsystem. Ein Beamter, einer dieser sparsamen Bürokraten, erinnerte sich an jenen Stapel Papier, den niemand brauchte. Die Sparsamkeit riet ihm zur Verwendung der Flugblätter. Und so wurden die sachlichen, logischen Ausführungen von Lambert, hinter denen sich Dynamit verbarg, hervorgeholt und auf der Rückseite bedruckt. Briefträger brachten zehntausend davon in Haushalte jeglicher politischer Couleur. Anschließend, als es zu spät war, gab es einen großen Krach. Das Fazit des Ganzen war, dass zehn Gewerkschafter gewählt wurden. Monsieur Lambert bekam großes Lob, zu seinem eigenen Entsetzen. Man rechnete es ihm hoch an, diesen Coup bewerkstelligt zu haben. Ein Machiavelli.

Die Royalisten sprachen mit einer Delegation von Journalisten der Vereinigung »Les Amis du Roi« bei ihm vor. Ob er dasselbe auch für die Opposition ersinnen könne?

»Unmöglich! Wir würden alle ins Gefängnis wandern!«

»Nun, würde Monsieur denn eine monatliche Broschüre für uns verfassen?«

»Das wäre zu erwägen.«

»Wären achttausend Francs pro Jahr eine zu erwägende Summe?«

Waren sie. Und neben seinen Artikeln über Zoologie, Pflanzen und augusteische Ruinen schlug Lambert in seinem luziden, gelehrten Stil nun die Trommel für die Sache der Bourbonen. Es machte keinen Unterschied auf dem Marktplatz in unserem Viertel, wo alles, was sich im Élysée oder auch nur auf der anderen Straßenseite (ein anderes Quartier) zutrug, genauso gut in China passieren mochte. Von da an lebte unser Bürgermeister in gehobenen Verhältnissen.

Es sollte Winter werden, bis sich unsere Pfade kreuzten, und zwar auf eine Weise, die ich nie erahnt hätte. Über mehrere Wochen schätzte ich ihn völlig falsch ein, hielt ihn für einen Kobold oder unsteten Geist, der etwas Böses im Schilde führte. Ich war überzeugt, dass sich jemand aus meinem Stockwerk irgendwie Zugang zu meinem Zimmer verschaffte, wenn ich im Faisan d'Or war. Ein halbes Dutzend Mal fand ich, wenn ich die untere Schublade meines Schreibtischs öffnete, um meine Wäsche herauszuholen, eine Handvoll Käserinde und Salatblätter in einem Kragen. Rinde von Cantal-Käse.

Entweder war es ein Scherz, dachte ich, oder der launenhafte Einfall eines senilen, aber teuflischen Hirns. Ich hängte ein neues Schloss an die Tür. Dennoch tauchten wieder *apports* auf, wie Spiritisten diese Erscheinungen nennen. Auch wenn ich beunruhigt war, hätte ich um nichts in der Welt den in Spekulationen über Zoologie und Ruinen versunkenen Philosophen, diesen eher sanften und scheuen Silen, der zu gedankenverloren war, um mich zu grüßen, wenn wir uns auf der Treppe begegneten, offen beschuldigt, mir so einen seltsamen Streich zu spielen. Nein, diesen Mut brachte ich nicht auf.

Eines Nachts konnte ich nicht schlafen und las im Bett ein Buch, als ich plötzlich eine Bewegung wahrnahm. Eine unsichtbare Hand schien am Raumteiler zu ruckeln. Ein weißer Schemen glitt daran empor und schlüpfte in ein Loch in der Decke. Ich stürzte mich auf den Schreibtisch, schaute in die Schublade, und dort lag wieder ein Stück Käserinde. Nicht der Philosoph, sondern eine schneeweiße Ratte war der Missetäter. Am nächsten Tag schob ich eine in Arsen getränkte Brotkruste in das Loch in der Zimmerdecke und klebte es mit Papier zu.

Das war eine impulsive Reaktion, die mir nach einer Weile leidtat. Es kam mir gemein vor, ein kleines Wesen so zu behandeln, das mir mit seinem Streich keinen Schaden zugefügt hatte, das nur irgendwo ein Nest hatte bauen wollen und sich unendliche Mühe damit gegeben hatte, Rinden und Salatblätter durch die Wildnis der Sparren über uns zu schleppen, die Leinwand hinunter und das Bein des Schreibtischs wieder hinauf bis in die Schublade. Außerdem hätte die Ratte irgendjemandes Haustier gewesen sein können. Ich hatte sie getötet.

Irgendwo, entweder am Quay oder auf dem Vogelmarkt, kaufte ich eine weiße Ratte, eine zahme mit einem schwarzen Kopf. Ich zog die Kruste aus dem Loch, entließ das Tier in die Dachsparren und hatte meinen Fehler damit wiedergutgemacht. Viele Nächte lang hörte ich sie über mir herumhuschen, ihre neue Welt entdecken, sich häuslich niederlassen; dann wurde es still, und ich nahm an, es sei ihr langweilig geworden, sie sei weitergezogen.

Es dauerte nicht lange, da stellte mir der Schweinemetzger »unseren Bürgermeister« vor, und ich gewöhnte mir an, ein oder zwei Abende in der Woche bei ihm vorbeizuschauen. Der Bürgermeister wusste mehr über Lebensmittel als ich. Er hatte einen Band über Gewürze verfasst und grub ihn aus einem so gewaltigen, chaotischen Berg von Büchern, dass er durch einen Tunnel kriechen musste, um ihn hervorzuholen. Er war sehr stolz auf den Abschnitt über Gewürznelken, Erkenntnisse seiner Wanderungen auf Sansibar, woher dieses Gewürz zum Großteil stammt. Fast die halbe Ernte ging ins niederländische Ostindien, wo die Nelken zu Zigaretten, den Kreteks, verarbeitet wurden.

»Von Sansibar fuhren wir nach Madagaskar«, erzählte er, ausgestreckt auf seinem Stuhl, die Füße auf einem Hocker. »Ich und ein anderer Junge in meinem Alter. Wir gingen als Kabinenjungen an Bord. Wir hatten nur einen Passagier auf der Fahrt, aber der reichte uns. Dieser Tatar! Es war der neue Militärgouverneur. Wir konnten tun, was wir wollten, er war mit nichts zufrieden. Er hatte diese furchtbare englische Angewohnheit, zum Frühstück gekochte Eier zu essen, die unbedingt frisch sein mussten. Wir hatten nur zehn Hennen an Bord, die seekrank wurden und nicht mehr legten, wenn wir hohen Wellengang hatten.

So bohrten wir eines Morgens ein kleines Loch in ein Ei, drückten einen seiner Hemdknöpfe hinein und schlossen es nach dem Kochen mit Wachs. Sein Gesicht, als er seinen Hemdknopf auf einem Löffel Eiweiß erblickte, war die größte Belohnung für unsere Mühen. Mit dem Ei lief er zum Kapitän – zum Kapitän! –, und die beiden marschierten auf das Achterdeck und starrten auf den verhexten Verschlag mit Hühnern, versuchten zu erraten, welche Henne es gewesen war, die den Befehl zur Eierproduktion missachtet hatte.«

Der Bürgermeister war ein ungewöhnlicher Mann. Er war ein grenzenlos neugieriger Humanist. Nichts Menschliches, nichts Über-Menschliches war ihm fremd. Mit Schliemann hatte er in Griechenland nach dem Schatz des Priamos gegraben und war mit Virchow auf der Suche nach einer seltenen Art von Mumie durch Ägypten gereist. Ein langes Regal in seinem Zimmer bog sich unter dem Gewicht von derart raren antiken Töpfen und hundekopfförmigen Gefäßen, dass der Louvre den Philosophen beneidet hätte.

Eines Abends tranken wir zusammen Wein, als mein Blick auf einen Messingkäfig in der Ecke fiel, in dem ein kleiner Eiffelturm und ein Laufrad standen. Zwei Ratten blickten mich an, die eine völlig weiß, die andere weiß mit einem schwarzen Kopf. Ich zuckte zusammen.

»Ah, haben Sie meine Tiere noch nicht kennengelernt?«, fragte Monsieur Lambert strahlend. Er nahm eine Käserinde in die Hand und rieb ihnen damit über den Rücken.

»Das ist Scaramouche, und das ist Fadette. Die beiden sind die besten Freunde, die ich habe. Ich liebe sie abgöttisch. Aber Fadette, die hat so ihre Launen! Vor Kurzem war sie zwei Wochen lang verschwunden, ließ ihren Kameraden allein zurück. Der durfte die Familienehre hochhalten, während sie sich woanders vergnügte, diese Dirne! Eingeschüchtert kam sie zurück. Scaramouche wies sie ab, biss ihr sogar ins Ohr.

Aber ich glaube, sie hat ihm vergeben. Das Sonderbare ist, dass sie ein bisschen heller war, als sie zurückkam – wie der Geist ihrer selbst, mit einem schwarzen Kopf. Ein Wechsel der Fellfarbe ist nicht selten bei dieser Art, aber innerhalb von nur zwei Wochen, das ist interessant, nicht wahr?«

Ich konnte nur nicken und fühlte mich wie ein Verbrecher.

10

François le Grand

Zu Zeiten des alten Klosters hatte das kleine Gewölbe neben der Küche des Faisan d'Or einen Altar beherbergt. Zwei Granitstufen führten aus der Küche hinauf. In der Nische stand ein langer Tisch mit einer Weinkaraffe und ein paar Stühlen. Hier machten die Köche Pause, wenn sie ihren Ofen verlassen konnten. Heute denke ich voller Nostalgie an diesen »Clubraum« zurück – an den Blick aus der Nische wie aus einer Opernloge in den dunstverhangenen Gang. Die Künstler mit weißer Mütze, die hin und her pendelnden *camionettes*, turmhoch mit Geschirr beladen, Sidi, der riesengroße senegalesische Tellerwäscher, der immer Kardamomsamen durch seine gewaltigen Zähne spuckte, Pless, der Sommelier, der in seinem golden-smaragdgrünen Rock einem Mistkäfer glich, und die Kellner, von denen viele Gesichter wie Croupiers hatten oder wie verhärtete Männer aus der Welt der Finanzen oder der Politik. Oft hielten sie kurz an, um sich gegenseitig etwas ins Ohr zu flüstern, die Augenbrauen hochgezogen, die Stirn in Falten gelegt wie gefurchtes Elfenbein.

Pless war ein guter Freund von uns, da er vom Temperament her zu den Köchen passte. Er war ein schwerfälliger, sanfter Elsässer, der sich meistens in seinem Weinkeller aufhielt, Pfeife rauchte und aus eimerweise

Pfirsichkernen Gemmen mit bewundernswerten kleinen Aktfiguren schnitzte. Sidi trug eine Kette mit zwei solchen Anhängern unter seinem Hemd und zwei weitere an seiner Uhrtasche.

Der Sommelier füllte stets unsere Karaffe nach, und nicht nur mit *vin ordinaire*. Was für Weine François, der Bratenkoch, und ich in dieser kleinen Nische tranken! Einen guten Tropfen aus Hessen, herrliche Moselweine, einmal sogar einen Schloss Johannisberg aus der Welt des Prunks und der feierlichen Zeremonien, den mit dem dunkelblauen Siegel, den höchsten in der erzengelgleichen Hierarchie von Kabinettweinen, dann wieder einen Hermitage – duftender, likörartiger Bernstein, älter als der älteste Koch im Faisan d'Or. Pless legte diese Weine für uns von den diplomatischen Festessen zurück, bei denen Pierre servierte.

François, ein zwergengroßer Kerl mit einer Statur wie Attila und ebenso stark – er konnte ein ganzes Rind auf dem Kopf transportieren! –, trank diese Weine in kleinen Schlucken, tief gebeugt auf seinem Stuhl, rollte mit der Zunge und stieß ein schallendes »Ah!« aus. Er war ein Bretone, der seine Kindheit in Louisiana verbracht und sich dort den Beinamen »der Kreole« verdient hatte.

War die Karaffe leer, rollte François sich Zigaretten aus feinstem Smyrna-Tabak, dünn wie Kiefernnadeln, und hatte beim Rauchen immer ein Auge auf die Braten, die sich gegenüber auf den Spießen drehten, wo die Flammen wie bei einem hartnäckigen Großbrand züngelten und zuckten. Für François war ein Braten ein Stück Fleisch, das man über einem offenen Feuer rösten musste. In einem eisernen Gefängnis wie einem Ofen beraubte man es seiner Lebenskraft, dann verdiente es die Bezeichnung »totes Fleisch«.

»Kohlenrauch verkürzt unser Leben«, erklärte einmal ein unsterblicher Gott der Küche, »doch was kümmert uns das, wenn er unserem Namen Glanz und Glorie verleiht?« François atmete keine Dämpfe ein (meistens schaute er von der Nische aus zu), und Ruhm war ihm völlig gleichgültig. Vielleicht lag es daran, dass er ihn schon besaß; er sonnte sich in der Bewunderung der Küchenbrigade, da die Leute vom Fach wussten, dass er einer der großen originellen Köche der Welt war. Wem war es sonst noch bekannt? Vielleicht niemandem. Hohes Ansehen ist selten die Belohnung hervorragender Leistungen; die Virtuosen gehen unbemerkt durchs Leben, erkannt nur von den Auserwählten.

François' Geschmack war tadellos. Sein Urteil über Wein war selbst für Urbain Gesetz, da der kleine Kreole eine Ahnung von der Natur dieses geheimnisvollen Wesens hatte. Vielleicht war François unangemessen streng mit den Köchen, die mit dem vorhandenen Material keine Wunder vollbrachten. Doch das war verständlich, denn für ihn waren sie Lumpen oder Mörder.

Nachdem Guido weggegangen war, wurde François mein bester Freund, dieser hochmütige, breitschultrige Gnom mit seinem kaiserlichen Bart und der riesigen weißen Mütze, der mit einer Gabel, so groß wie der Dreizack Neptuns, herumstolzierte.

»Jean-Marie«, sagte er manchmal zu mir, »komm mal mit in die Leichenhalle.«

Und mit diesen Worten ging er hinunter in den Fleischkeller. Am Ende eines Eisfachs hatte François eine Art

Verschlag angelegt, pechschwarz und feucht, wo Wild und lange, in Mull gewickelte Filetstreifen hingen. Dann zog er die Tür auf, murmelte ins Dunkel und leckte sich die Lippen. Man sah nichts außer einem phosphoreszierenden Glühen.

»Guck mal! Ein Feuerwerk! Noch etwas mehr Blau über den Filets, dann sind sie reif und wollen gegessen werden.«

In irgendeinem Herbstmonat trafen sich die Wortführer von drei Großmächten, von deren Entscheidung das Schicksal der Welt abhing – so unsicher ist das Gleichgewicht auf unserem Planeten –, in einer Stadt an der Riviera, wo sie eine ganze Woche Madeira trinken, tafeln und verhandeln wollten. Ihre Namen habe ich vergessen. Aus Paris wurden mit freundlicher Genehmigung des Faisan d'Or die Herren Pless und François entsandt, um sich dort um alles zu kümmern, außer um den Staatsvertrag selbst.

Alles lief glatt bis zum Ende des zweiten Tages. François briet zum Abendessen eine halbe junge Gams. Hätte sie sich von Farnsprossen, Gras und Schilf ernährt, wäre sie perfekt gewesen, doch in dem trockenen Sommer in Tirol hatte das Tier zu viel Apfelbaumzweige und Gras gefressen, das nicht saftig, sondern papieren gewesen war. François war besorgt.

Er beschloss, sie nicht schlicht gesalzen, sondern mit einer Sauce espagnole zu servieren. In einer großen Pfanne briet er Fleisch und Knochen vom Rind, Kalbfleisch und Schinken an, dazu Zwiebeln, Sellerie, Möhren, weiße Rüben, *fines herbes,* Nelken, Piment, Zimt und Pfeffer. Dann rührte er die schwere Mehlschwitze ein,

Geflügelkarkassen und Tomaten. Nach zwei Stunden goss François Sherry hinzu.

Er probierte. Was fehlte noch? Er hatte einen Gaumen für Geschmack wie andere ein Ohr für Musik. Aha, Koriander!

Da bis auf das Dessert alles vorbereitet war – ein Ananas-Soufflé, das erst in letzter Minute in den Ofen kam –, ging François nach draußen, stieg auf das Fahrrad eines Außenministers und trat auf der Suche nach einem Kraut in die Pedalen, dessen die Israeliten in ihrem Manna so überdrüssig gewesen waren, dass sie sich nach den Fleischtöpfen und Fischen Ägyptens sehnten. Keins der Geschäfte hatte Koriander. François fuhr weiter, schnüffelte an vielen kleinen Gärten und sprach alle alten Damen an, die vor ihrer Haustür saßen. Schließlich erstand er eine Handvoll von dem Kraut, steckte es seitlich in seinen Hut und fuhr zurück.

Er lief schnurstracks zum Topf in der Küche, doch der Herd war leer! François verlor fast das Bewusstsein. Er riss sich zusammen und ging in den Speisesaal.

»François«, rief ein bevollmächtigter Minister, »diese Suppe ist besser, viel besser als alles, was wir bisher gegessen haben.«

François richtete sich mit so viel Würde auf, dass er einen halben Meter größer wirkte als seine ein Meter vierzig. Seine Stimme bebte vor Erregung.

»Das, Messieurs, war eine Sauce espagnole – eine unfertige.«

Mit einer Verbeugung entfernte er sich rückwärts, fuhr mit dem Fahrrad zum Bahnhof und nahm den nächsten Zug nach Paris.

»Lange vor allen anderen«, sagte Pless, »wusste François, dass die Konferenz zum Scheitern verurteilt war.«

François' Geschmack war aristokratisch. Er wohnte in einem langweiligen Appartement in der Nähe des Jardin du Luxembourg, vollgestopft mit Büchern über Geschichte und Gastronomie, mit Gemälden von Generälen und Hofdamen, mit Spieldosen, Stickereien und Vögeln in Käfigen. Oft saßen wir im Park und unterhielten uns oder lauschten der Kapelle, die sich mit ihrem blechernen Klang an Opernarien versuchte. François liebte Musik; nach dem langjährigen, wenn auch angenehmen Exil in den Sümpfen von Louisiana, wo sein Vater ein Gasthaus besaß, war er wie ausgehungert.

Es gab noch immer Berühmtheiten im Luxembourg. François zeigte mir Charles Maurras und den einen oder anderen Journalisten von der *Action française*. Diese Ecke dort war ein Treffpunkt der Royalisten: Betagte Damen in abgetragenem Schwarz saßen strickend unter dem Laub der Platanen, und die alten Schnauzbärte hielten Vorträge über Politik oder waren in ernsthafte Diskussionen vertieft, während sie die Pfade auf und ab schritten. François selbst mit seinem breiten Velourhut und dem Gehrock war sowohl ein Royalist als auch eine Berühmtheit.

Inzwischen ging er nur noch selten ins Theater; nichts, was er dort sehen konnte, war so gut wie das, was er gesehen hatte, ausgenommen die Molière-Stücke im Odéon. Und was Köche betraf …

»Verengtes Blickfeld.« Er zuckte mit den Achseln. »In ihrem kleinen Fachgebiet konkurrenzlos, aber darüber

hinaus – was? Viel zu oft werden sie zu Patissiers ausgebildet. So werden sie keine Interpreten, sondern Wissenschaftler, gebunden an eine starre Formel, wie diese
unglücklichen Bräutigame der Hindus, die mit Bäumen
verheiratet sind.

Ich habe britische Köche gekannt – nicht viele, sicher
nicht, höchstens zwei oder drei –, die große Eklektiker
waren. Lebten sie denn nicht im Mittelpunkt des Em-
pires, dieser Radnabe mit ihren vielen Speichen – die ko-
loniale, die afrikanische, die regionale englische Küche,
dazu die indische, das ist die persische und die der Raj-
puten, die altgriechische und die palmyrische –, sodass
jemand, dem eine ehrenvoll und heiter zubereitete Speise
vorgesetzt wird, anschließend bereichert sein wird, weil
er an der Kunst, der Geschichte und der Dichtung von
fünftausend Jahren Anteil hatte?

Diese englischen Köche kennen auch die kontinen-
tale und die amerikanische Küche gut, auch den tiefen
Süden – ein unbekanntes Gebiet für den Großteil der
Amerikaner selbst –, wo es Rezepte gibt für Schildkrö-
tenfrikassee, mit Orangen gefüllten Truthahn, *Gumbo
z'herbes,* Flusskrebssuppe, Sumpfente *en Estofado,* Paprika
à la Madame Begué, *crabs without chemise* und Stöcker-
makrele, gegart in einer Pergamenttüte, so groß wie der
Hut einer Nonne.

Doch auch der Norden Amerikas hat seine Spezialitä-
ten. Dorthin und nirgends sonst muss man gehen, wenn
man einen *lemon pie* oder einen *chowder* essen will – auch
wenn er aus der Bretagne stammt, die *chaudière* der Fischer. Nur in Maine und im englischsprachigen Quebec
weiß man, wie weiße Bohnen zubereitet werden. Für

einen Topf davon würde ich hungrig an einem kalten Winterabend alle grünen Bohnen der Provence stehen lassen.

Ich, mein junger Freund, bin die Toleranz in Person, und ich lobe gute Leistungen, wo immer ich auf sie stoße. Das Perfekte kann einen überall treffen – wie ein Blitzschlag! Und der Getroffene muss nicht unbedingt ein Franzose sein! Wer auch immer er ist, er muss den Preis des Perfekten zahlen, und das ist die Selbstbeschränkung. Balzac schrieb tolle Romane, war aber trotz seiner Schwärmerei für die Küche ein miserabler Koch.

Als Köche haben wir Franzosen vielleicht keinen so großen Horizont, doch was man uns beigebracht hat, das beherrschen wir in Vollendung. Oft wünschte ich mir, im Faisan d'Or ein wenig mehr experimentieren zu können, zumindest mal eine Auster Florentine zubereiten zu dürfen – aber welch einen Sturm der Entrüstung würde ich auslösen! Ich würde als Verräter vom Hof gejagt! Fort mit dem *coquin,* der behauptet, eine Auster könne ebenso gekocht wie roh gegessen werden. Er hat mangelndes Vertrauen in unsere nationalen Ideale! Er pfeift auf die heilige Trikolore!

Vor Ausländern nehmen wir uns in Acht, wir misstrauen ihnen, nur den Italienern in der Küche nicht. Wie alle Welt weiß, ist Italien das einzige Land, in dem die tiefe Überzeugung herrscht, dass Kunst wahrlich das Größte ist.«

In diesem Stil ereiferte sich François, mein Mentor, der Ozeane überquert und bei seinen Reisen nicht einen Deut seiner angeborenen Rechtschaffenheit verloren hatte. Er sprach mit fuchtelnden Händen, einen Spazierstock unter den Daumen geklemmt – der beredte Kobold mit der tiefen Bassstimme. Dann hielt er inne und schnupperte.

»Aha, wir kommen zur Rue Mouffetard! Irgendwo in der Nähe ist eine Flasche!«

Seine Nase, die den Duft von Magnolien und den lauen Hauch der Sümpfe Louisianas eingeatmet hatte, führte ihn in den Gassen von Paris nie in die Irre. Wir bogen in die Rue Mouffetard ein. Die Luft klirrte vor Kälte unter einem kühlen blauen Dezemberhimmel. Eine Woche milder Wärme mit nächtlichem Sturzregen in der Bretagne hatte den Marktständen eine prächtige frühe Gemüseernte beschert: Körbe mit Endivien, Trüffeln, Pilzen und Kresse, eine Fülle an Kräutern und Kisten mit so fetten Gänsen, dass alte Küchenmeister, auf Stöcke gestützt, Tropfen auf der Nase und den Mantelkragen hochgeschlagen, sie traumverloren betrachteten. Vielleicht reisten sie in Gedanken ins Schlaraffenland.

»Ha!«, machte François mit einem ehrfurchtsvollen Seufzer.

Der Geist der Erde war, im Einklang mit den Göttern von Herd und Bratspieß, äußerst freigiebig gewesen. Es wurden Mastrinder angeboten, kurz vor der Gottwerdung, gekrönt und mit Rosetten behängt. Seezunge, Seehecht und Hummer aus Devon mit Scheren, kräftig wie die Arme von Vulcanus, lagen gestapelt in salzverkrusteten Körben auf gefrorenem Seetang. Der Monat war denkwürdig wegen seines Käses: Camembert, Pont l'Évêque, Excelsior und Brie, so prall wie Sahnetorten. Kiebitze, Waldschnepfen und Rebhühner waren zu Girlanden geschnürt, ihre Halsfedern funkelten in der Wintersonne. Das Bild und der Glanz zukünftiger Feste rührte das Herz, das schon ganz bewegt war vom Läuten der Glocken von Saint-Médard.

Wir bogen in die Rue Tournefort ein und betraten ein kleines Café in dem trostlosen Gebäude, wo Balzacs Père Goriot haust. Ich war halb erfroren und ein wenig traurig. Es war ein einsamer Dezember für mich. Ein Brief hatte mich über eine Niederlage informiert: Rémy, noch in der Schweiz, aber nun auf einem höheren Berg und in einem größeren Ghismont-Hotel, würde Freda noch vor Jahresende heiraten.

»Wein«, sagte François.

Ihm wurde eine mit Wachs versiegelte Flasche gebracht, er schenkte uns ein. Es war ein Rotwein von Noirmoutier, einer Insel vor der Küste der Vendée – ein abgelagerter, kräftiger, dunkler Wein, nach der Asche von Algen und Seetang duftend, mit der man ihn gedüngt hatte, um die Blüte der Traube zu fördern; ein Seemelodram von einem Wein, der scharfe Geruch des Atlantiks wie ein Schwertschlag durch Samt.

»Ein Wein aus der Heimat«, sagte François. »Ich habe dort lange gelebt. Wenn ich die Augen schließe, habe ich wieder die weiße Brandung und das schwarze Kloster, die vom Festland herüberführende Straße, den moosbewachsenen, triefend nassen Damm, den man nur bei Ebbe sieht, vor mir. Dort versteckte sich Aristide Briand vor der Welt, döste in seinem Stuhl, die Weste weiß vor Zigarrenasche, träumte und trank den Rotwein von Noirmoutier. Madame, noch eine Flasche, und dazu ein paar Feigen!«

Sie brachte uns eine Kette von Feigen, Bourjasotte Grise, von denen jeweils zwanzig aufgereiht an einem

Nagel an der Wand hingen – außen hart, aber mit gelee-artigem Fruchtfleisch, aromatisch wie Wein. Sie kamen aus der Provence, meiner Heimat.

Als ich hineinbiss, wurde ich von den Geistern der Vergangenheit überwältigt. Die Fasern der Geschmacks-knospen reichen weit zurück. Ihre Enden werden von Erinnerungen erschüttert. Und bei gewissen Düften ist alles Vergangene – selbst das Vergessene – sofort wieder da. Ein Hauch Safran, der Geruch von Teig im Ofen, und man ist wieder Kind. Die wahre Freude beim Essen ent-steht nicht durch die Dankbarkeit der Sinne, sondern durch das Erwecken einer unterbewussten Erinnerung. Der heilige Franziskus, der den leckeren Honig von dem Hang kannte, wo er als Kind gespielt hatte, wusste, wo-von er sprach, als er in einer Predigt vor den Klarissen die Wahrheit als Nahrung bezeichnete und sie »geistiges Bienenbrot« nannte.

»In der Bastille«, sagte François, als rede er mit sich selbst, und pellte die nächste Feige, »gibt es ein kleines Speiselokal, nicht sehr sauber, aber sehr gut. Manchmal gehe ich mit einem Freund dorthin, einem Botaniker, der halber Engländer ist. Er isst dort an Sommertagen, wenn es regnet, immer einen Rhabarberkuchen. Eine Art Zwang.

Er isst ihn ganz langsam, legt dann die Gabel beiseite und verharrt, über den Teller gebeugt, wie in Trance. Er beschreibt es als ein Glücksgefühl, ein Gefühl warmer Geborgenheit, als sei er klein und wohlbehütet.

Er erzählte mir, dass er es selbst erst vor Kurzem ver-standen habe. Der Ursprung offenbarte sich ihm plötz-lich, als er den Kuchen sehr warm aß. Damals in seiner

Kindheit lebte er als Waise bei einer Tante in der Vendée. Eines Nachmittags schlief er, und sie weckte ihn und sagte, er solle zum Rhabarberbeet gehen und sich ein Nest mit zwitschernden Vogeljungen ansehen, das sie gerade entdeckt habe. Er stürmte nach draußen, sah sich die Vögel an und war ganz außer sich vor Aufregung und seligem Entzücken. Er hatte einen Regenschirm dabei, denn trotz der heißen Sonne regnete es immer wieder. Der Regen trommelte auf die großen Rhabarberblätter, sodass sie dampften. Dazu hörte er das Brausen der Brandung am Strand. Er war damals noch sehr klein, verstehst du – fünf oder sechs Jahre alt –, und neu in einer Welt, die ihm magisch erschien. Kinder sind nicht die verkleinerte Ausgabe des Erwachsenen. Sie sind ein eigenes Volk mit anderen, sehr intensiven Gefühlen. Die Vogelmutter sang auf einem Zweig. Der Geruch der Blätter…«

François schenkte sich nach. »Rhabarber an sich kann, unter gewissen Umständen, gut schmecken. Was ist das eigentlich, ein Obst oder ein Gemüse?«

»Ich glaube, ein Kraut, aber nicht unbedingt ein Unkraut. Da fragst du besser mal deinen Botanikerfreund.«

11

Moschusochse und Sorbet

Das Faisan d'Or hatte seine alljährliche Flaute, vier der
Bankettsäle waren geschlossen; Urbain und Monsieur
Paul sahen sich in einem Anflug von Anglophilie in den
Gasthäusern an der Themse um und wollten sich anschließend einen Monat auf den Hebriden auf die Suche
nach einem gewissen wilden Highlander machen, dessen
Destillerie bisher noch nicht von den Steuereintreibern
mit ihren Siegeln heimgesucht worden war. Mich hatte
man mit vage definierten Vollmachten und dem Vorrecht
zurückgelassen, Monsieur Pauls Heiligtum nutzen zu
dürfen. Ich glaube, die Angestellten waren beeindruckt.
Die Wäschefrau hatte die Wäsche derartig mit Stärke be-
arbeitet, dass sie beim Tragen schmerzte; meine Kochmütze war weißer und steifer als je zuvor und dreißig
Zentimeter höher – eine Wolke auf einem Kamin.

Ich frühstückte gerade wie üblich einen Kaffee mit
einer Brioche und hatte eine Ausgabe der Literaturzeit-
schrift *Candide* gegen die Menagerie gelehnt, da entdeckte
ich einen Artikel mit der Signatur »Lambert«. Ich las
ihn, so wie alles aus der Feder dieses hervorragenden
Autors von Lebensmittelkatalogen, der seinen Geist mit
dem Reichtum der Antike nährte. Russische Wissenschaftler, so hieß es in seinem Bericht, hätten eine End-

moräne nördlich des Polarkreises erforscht und auf ihrer Suche nach einem bestimmten Gestein tiefer als sonst üblich gegraben. Dabei seien sie zuerst auf Knochen gestoßen, dann auf zwei Moschusochsen, perfekt konserviert. Darunter befanden sich noch weitere Ochsen in diesem ewigen Eisschrank.

Das war der Aufhänger für eine Abhandlung unseres Akademikers, die bemerkenswert in ihrer Gelehrsamkeit und ihren Formulierungen war. Nach allem, was man höre, hätten es die Menschen im Pleistozän nicht leicht gehabt. Das Klima sei nicht das beste gewesen, und wenn die Erde unter den Tritten der vorbeitrabenden Mammuts bebte, versteckten sie sich in den Höhlen. Außerdem gab es Säbelzahntiger und Löwen, die doppelt so groß waren wie die bei uns im Zoo. Oft war der Mensch der Gejagte und nicht der Jäger; er ernährte sich von Wurzeln, denn er hatte keine Waffe außer einem Klumpen Feuerstein. Wenn das Glück es gut mit ihm meinte, konnte er einen zähen Vogel oder einen kleinen Hasen erlegen.

Ich dachte darüber nach, als François hereingeschlendert kam.

»Alter Knabe!«, rief er. »Es ist gefährlich, eine so hohe Mütze zu tragen! Du weißt doch, was mit einem Koch passiert, dessen Mütze zu … zu groß gewachsen ist! Er wird hinausgeworfen!«

»Eigentlich müsstest du sie tragen, François. Als zweiter Offizier, weißt du.«

Er grinste. Wir wussten beide, dass ich in dieser ruhigen Jahreszeit als Notlösung eingesetzt worden war, weil Monsieur Paul in François seinen einzigen Rivalen in der

Wertschätzung der Gäste sah, obwohl er sicher auf seinem Posten saß und der *doyen* seiner Zunft war.

»Es ist ruhig, Jean-Marie. Nur die Hälfte der Mitarbeiter ist da, und wenn nicht bald etwas Aufregendes passiert, müssen wir auf die Straße gehen und einen Krawall anzetteln.« Er schenkte sich ein Glas Brandy ein und ließ sich schwer auf einen Stuhl sinken. »Es ist noch stumpfsinniger als letztes Jahr. Ich hätte angeln gehen sollen.«

»Schau dir mal das hier an!«, sagte ich. »Das ist Bürgermeister Lambert in Höchstform.«

François las den Aufsatz, schluckte seinen Brandy herunter, ging im Zimmer auf und ab, polierte erregt seinen Kneifer. Er wollte etwas sagen, brachte jedoch nur einen tiefen Atemstoß und wildes Gestikulieren zustande. Noch ein Glas, und er starrte blinzelnd auf den Artikel, dann zupfte er zaghaft an seinem Halstuch.

»Jean-Marie – stell dir das mal vor! Eine Million Jahre! Dieses Moschusochsenfleisch ist perfekt abgehangen! Wenn wir nur einen Braten davon bekommen könnten!«

»Wenn Melun-Perret das hören würde«, sagte ich lachend.

»Ich habe eine Idee!«, platzte der Kreole heraus. »Ein prähistorisches Menü! Das wäre doch mal was! Stell dir vor, was das für das Faisan d'Or bedeuten würde! Zum einen originelle Werbung, und die Moral von der Geschicht ist ein gewaltiger Geschäftszuwachs. Wie das Urbain freuen würde!«

»Es wäre etwas ganz Neues.« Ich schrieb auf einen Block: »Prähistorisches Menü. Suppe: eine *potage* vom

Moschusochsenschwanz. Dann Hochrippensteaks vom Moschusochsen, als doppelte Krone gebraten nach Art von König Edward VII. – Garnitur, Sauce und so weiter. Gemüse, Püree von fossilem Moos.«

Mein Kreole rieb sich die Hände. »Und dazu ein paar Fossilien von der Sorbonne, gelehrte, tatterige Professoren mit gescheitelten Bärten! Ein Menü für Archäologen. Allein schon die Vorstellung ist überwältigend, mein Freund!«

»Aber zuerst müssen wir natürlich die Moschusochsen fangen«, sagte ich. »Eine Kleinigkeit. Das werde ich mit Melun-Perret besprechen. Er findet die Idee sicherlich großartig, so ein Diner. Außerdem«, ich kam in Schwung, »meine ich, dass unser Bürgermeister das Band der Ehrenlegion verdient, und so etwas würde seinem Namen zu kosmischem Ruhm verhelfen. Ach, dass ein so großartiger Gelehrter durch seine Intelligenz zum Vergessen verurteilt sein soll!

Übrigens, François, er hat nächsten Donnerstag Geburtstag. Wir werden ein kleines Festessen bei ihm veranstalten, und du wirst kochen.«

Es war beschlossene Sache. Ich schickte ein Telegramm an Georges in seinem Haus auf den Champs-Élysées. Er war so erfreut über den Vorschlag, dass er den Einzug einer schönen Griechin in eines seiner diskreten Appartements um eine Woche nach hinten verschob.

Wir waren zu acht. Bürgermeister Lambert hatte seine Wohnung geputzt, seine Bücher abgestaubt, Blumen auf einen Klapptisch in einer Nische gestellt und drei Mitglieder der Akademie eingeladen. Die Küche bestand aus einem dunklen Schrank mit zwei Gasflammen unter einem Rost, drei oder vier Pfannen und ein paar Löffeln.

»Heute gibt es«, verkündete François, »ein eher kleines Menü, das dem *décor* angemessen ist. Es wird nicht besonders extravagant, aber unvergesslich. Etwas Kreolisches, sagen wir, eine *jambalaya*.«

Er kochte Reis, spülte ihn mit kaltem Wasser ab und ließ ihn trocknen. In Butter briet er mehrere Knoblauchzehen, zwei Zwiebeln und eine grüne, in Stücke geschnittene Paprika an, dann gab er vier geschälte Tomaten hinzu. Zusammen mit dem Reis mischte er alles mit einem halben Liter gekochten Krabben, Pfeffer, Salz und Cayennepfeffer. Er ließ den Eintopf zugedeckt eine halbe Stunde köcheln, goss gelegentlich ein wenig Brühe nach und gab am Ende einen Teelöffel Sassafraspulver hinzu.

Die *jambalaya* war dunkel, scharf und aromatisch und ging nach der schlichten Consommé eine harmonische Verbindung mit dem gekühlten Chablis ein. Wir saßen dort, eingerahmt von Büchern in rotem und schwarzem Leder und geöltem Velinpapier, und die Bärte der Akademiker und unseres Gastgebers glänzten im Licht der Lampe über dem Tisch. Der Bürgermeister saß am Kopfende, förmlich in einer bestickten grünen Weste, über ihm ein Regal mit Tongefäßen.

Das Essen war scharf, es war ungewöhnlich; die Gäste waren still, als könnten sie sich mit dem Gericht aus dem Alltag zurückziehen. Ein kleiner Professor von achtzig Jahren, so weltfremd, dass er auch im alten Assyrien hätte leben können, grinste wie ein kleines Kind.

»Das erinnert mich an eine Paella, die ich mal in Sevilla gegessen habe. Aber das hier hat eine gewisse Fremdheit, von schattigem Grün, einen Duft wie ein Hauch von Dschungel, vielleicht afrikanisch. Ein hypnotisierender Geschmack, meine Herren, es hat etwas von einer geistigen Offenbarung. Im Moment sind wir im Sumpf von Louisiana.«

Er lehnte den Kopf gegen zwei große Bände von Plinius. Im Schatten war sein bärtiges Gesicht so weiß wie eine Wolke und ebenso schön.

Wir tranken eine Menge Chablis, dann wurde ein scharfer Gemüsesalat gereicht. Unauffällig huschte François in die Kochecke, um die heiteren Gespräche nicht zu stören, und ich folgte ihm. Er war früh da gewesen, um einen Brandypudding vorzubereiten, der mittlerweile in einem Behälter mit Eisstücken abgekühlt war.

Ich kann mich erinnern, dass er die Dotter von acht Eiern mit zwei Tassen Zucker und zwei Tassen Brandy in einem Wasserbad cremig geschlagen hatte. Dann nahm er die Creme von der Flamme und hob das steif geschlagene Eiweiß unter. Als der Pudding abgekühlt war, zog er einen Teelöffel alter Orangenmarmelade und einen Liter steif geschlagener Sahne darunter, dazu mehrere Spritzer des Orangenbitters, den man in den Bars von New Orleans bekommt. François löffelte die Creme in eine Kompottschale, die auf dem Boden und seitlich mit Makronen ausgelegt war.

Dann tauchte er den Daumen hinein und schleckte ihn ab. »*Dites moi, ma mère*«, summte er, als er das Dessert zum Tisch trug.

Es war ein schwerer, köstlicher Abschluss, doch zurückhaltend genug, um die herausragende Qualität der vorherigen Gänge lebendig in Erinnerung zu halten.

Lange genossen wir das Dessert, sodass der Kaffee schließlich dazu gereicht wurde.

Georges öffnete eine Flasche blassen *eau de vie,* der so ätherisch war, dass wir beim Ploppen des Korkens bereits das Aroma einatmeten. Lambert holte acht Tongefäße vom Regal – wir hatten keine anderen Gläser –, und nachdem sie ausgespült waren, gab Georges den Brand hinein.

Wir rauchten Larranagas, schnupperten und nippten am *eau de vie* aus den kleinen irdenen Töpfchen. Georges betrachtete uns durch den Rauch mit seinem sanften, aufrichtigen Blick und holte einen Stift und einen Umschlag hervor, um das Menü zu planen.

»Heute in einem Monat. Erstens: komplette Keule vom Moschusochsen. Zweitens: fossiles Moos, falls essbar.« Er drehte seinen Perfecto-Füller auf und schrieb drauflos. »Drittens: prähistorisches Bries für eine Pastete. Wie wäre das als Auftakt?«

»Aber das braucht Monate«, sagte Lambert.

»Vier Tage, versprochen. Ich schicke mein Flugzeug mit meinem Himmelschauffeur da hoch. Er nimmt Wodka und eine Kiste Portwein mit, denn unsere russischen Freunde brauchen ein wenig Aufheiterung in der Düsternis der Arktis. Können wir sonst noch was aus dem Pleistozän gebrauchen?«

»Nichts«, sagte der Bürgermeister. »Aber ich weiß, woher wir alten Reis bekommen können. Mindestens vier Messbecher. In versiegelten Urnen, ausgegraben in den Ruinen von Palmyra. Das ist ziemlich viel, wisst ihr. Mehr als man bekäme bei hundert Mumien mit Reis in der Faust.«

Georges murmelte zustimmend.

»Wir kommen vorwärts. Jetzt der Wein.«

»So einen alten finden wir nicht«, sagte ein Akademiemitglied. »Zum Glück für uns! Mein bulgarischer Kollege Professor Wuletitsch hat mich mal den Opimian probieren lassen, der in dem Jahr auf Flaschen gezogen wurde, als Gaius Gracchus bei einem Aufstand der Plebs getötet wurde. In der Flasche war ein Klumpen violetten Emails. Wuletitsch löste ein wenig davon in Alkohol, sodass wir jeder einen Teelöffel bekamen. Er schmeckte wie Tinte. *Vinum insaluberrimum.* Aber wir tranken ihn, diesen Wein, der schon alt war, bevor Rom eine Weltmacht wurde.«

»Wuletitsch, wo ist der jetzt?«

»In Sofia.«

»Ich fliege selbst dorthin und hole ihn und den Opimian her.«

»Wenn dieses einzigartige, wertvolle Relikt bei einem Absturz…«

»Dann verenden wir beide mit ihm!«

»Was ich gerne wissen würde«, sagte François geduldig, »ist, wie viele Personen kommen werden.«

Es dauerte länger, die Gästeliste zusammenzustellen als das Menü zu entwerfen. Nicht jeder Wissenschaftler billigt jeden anderen Forscher der Welt. Bürgermeister Lambert schlug zwanzig Namen vor. Der alte Professor zuckte bei jedem einzelnen zusammen, als hätte er in eine Zitrone gebissen. Ebenso bei den nächsten zwanzig Namen.

»Na gut«, sagte Georges, »dann nehmen wir eben andere Leute, keine Ganoven.«

Vorsichtig nippte er an seinem kleinen Gefäß. Es war von heidnischer Schönheit, hatte einen breiten Rand wie eine griechische Lampe und ein Muster in verblasstem Rot auf dem schwarzen, glasierten Material, so dünn und ausgehärtet, dass der darin plätschernde Alkohol ein elfengleiches Klingeln ertönen ließ.

»Eine angemessene Keramik für den Brand«, murmelte Georges. »Darf ich Ihnen zu Ihren Tontöpfen gratulieren?«

»Sie haben Scharfblick, M'sieu.« Bürgermeister Lambert hielt ein Streichholz an eine neue Zigarre. »Spiteri, der maltesische Archäologe, fand diese Behälter in einem Grab. Es sind Tränengläser aus Pompeji.«

Um Mitternacht hatten wir uns über die Auswahl der Gäste geeinigt. Es waren insgesamt zwölf von der ersten Liste. Der Obstbrand war leer, wir brachen auf, und ich verabschiedete mich von den anderen bei den Taxis am Straßenrand. François ging als Letzter. Er schlug sich auf die Brust, dann sah er mich an.

»Das Dessert!«, rief er. »Das prähistorische Dessert! Was nehmen wir da?«

Er sprang in sein Taxi, die Tür schlug zu, es klang wie ein Pistolenschuss, und der Wagen raste hinter Georges und den Professoren her.

Wo sollte das Festessen abgehalten werden? Der Majordomus war für den Salon Talleyrand, Pierre für den Blauen Salon mit den Gobelins und plüschbezogenen Stühlen, den Fragonards und der Goldbronze. Urbains Assistent war dafür, eine Ecke des großen Speisesaals abzutrennen, von wo eine Tür direkt in die Küche führte.

Ich unterhielt mich gerade in der Krypta mit ihm und François, als ich eine Erleuchtung hatte.

»Ich hab's! Der Keller!«

Wir hasteten die Treppe hinunter. Gegenüber vom Weinkeller war ein ungenutzter Raum, dunkel wie ein Burgverlies, in dem nur ein halbes Dutzend kaputter Fässer lagerte. Ich schnappte mir eine Laterne und nahm sie mit hinein. Kopfsteine wölbten sich im festen, groben Mauerwerk, der Boden bestand aus großen Steinplatten, die Deckenbalken waren mit einer Dechsel in Form geschlagen worden.

»Ist das prähistorisch genug?«

Der Raum war dreißig Quadratmeter groß, im Kamin hätte eine Kutsche Platz gefunden. François entzündete ein Streichholz und spähte in den Schornstein. Er zog hervorragend. François beteuerte, oben, in den Bäumen, die Eulen hören zu können. Es war, als wäre das Gewölbe allein für das Rendezvous mit dem Moschusochsen gebaut worden.

»Wenn ich mir vorstelle, dass ich von klein auf im Faisan d'Or bin und noch nie hiervon gehört habe«, sagte Urbains Assistent.

Er machte sich mit ungeheurem Elan an die Arbeit. Zuerst ließ er den Keller wischen, dann hängte er Lüster in Form von Wagenrädern unter die Deckenbalken, stellte einen Rost mit Drehspieß in den Kamin, ließ schlichte Kieferntische und -stühle heranbringen. Dreißig Stühle, nicht zwölf: Der Bildungsminister kam auf Einladung von Georges, und da die Veranstaltung dadurch eine diplomatische Angelegenheit wurde, mussten fünf Senatoren dazugebeten werden. Außerdem die Küchenchefs aus dem Roi Nantois, dem Dauphin-Splendide und dem Noël Peters – eingeladen vonseiten des Faisan d'Or.

Das Verlies wurde geöffnet. Beleuchtet wurde es von brennenden Kohlebecken, der Boden war mit Eibenzweigen ausgelegt. An der Spitze der Gäste, die sich zwischen den Steinwänden hindurch wie in eine Höhle schlängelten, waren der Bildungsminister und der Direktor der Sorbonne.

François kam herein und neben ihm ein aufrechter kleiner Mann mit einem weißen Schnurrbart, runzligem klugem Gesicht, einem Gehrock und einer Schleife im Revers. Ein ganz besonderer Moment! Ah, Monsieur Paul, Sie hätten dabei sein sollen! Die anderen Gäste erhoben sich ehrfürchtig. Blitzlicht flackerte. Es war der große Maître Escoffier persönlich, der Verfasser von *Le Guide Culinaire Moderne*. Er verbeugte sich vor der Runde und nahm bereitwillig zwischen Melun-Perret und dem herzoglichen Doktor di Valmonte Platz.

Die Krone der kulinarischen Genialität Galliens saß in Person dieses Unsterblichen auf dem Stuhl, lächelte und plauderte weltgewandt, von einer Aura des Unwirklichen umgeben, wie ein Fabelwesen. War dieser Erfinder von Pfirsich Melba und acht unterschiedlichen Saucen nicht der Koch von Napoleon III. gewesen? War er nicht Bismarcks größter Kriegsgewinn beim Fall von Sedan gewesen? War der Posten des Küchenchefs im Hotel Cecil ihm nicht auf den ausdrücklichen Wunsch von König Edward VII. angeboten worden?

Die Geschichte kennt wohl keinen ähnlichen Anlass, zu dem derart berühmte Persönlichkeiten aus den Bereichen Diplomatie, Kunst und Wissenschaft sich unterirdisch versammelten, um prähistorische Köstlichkeiten zu verspeisen oder überhaupt mit so viel Vorfreude, Eifer und weltmännischem Übermut zu tafeln. Das Fleisch des Moschusochsen war saftig und mürbe, und das Soufflé aus Kormoraneiern – Kormorane gibt es zwar noch, sehen aber aus, als müssten sie längst ausgestorben sein; der Zoo war so freundlich gewesen, uns mit den Eiern dieser Vögel zu versorgen – ging die Speiseröhre so glatt hinunter wie das Öl, das Aaron bei der Weihe zum Hohepriester in den Bart läuft. Keiner der Speisenden verrenkte und krümmte sich am Boden, dass es des Dichters Dante würdig gewesen wäre. Und es gab Cognac – in rauen Mengen.

Das Menü war eine Meisterleistung in Anbetracht all der Hindernisse, doch noch bemerkenswerter ob seiner Einzigartigkeit. Im Kamin prasselte ein Feuer, und auf dem Spieß drehte sich langsam die Keule eines Moschusochsen, über die François regelmäßig Schöpfkellen voll Sauerrahm goss. Zuvor hatte er das Fleisch zwei Tage und Nächte lang eingelegt. Die Ausmaße dieser Keule aus dem Oberschenkel, mit dem das Tier über Weiden getrabt war, als Europa noch eine junge Tundra war, gerade unter der schmelzenden Eiskappe hervorgekrochen, erfüllten die Anwesenden mit Ehrfurcht und einem einschüchternden Gefühl für die Zeit. Und so blieb es, bis nach Tisch Champagner ausgeschenkt wurde, begleitet von Häppchen in Form von geräuchertem arktischem Delfin auf dünnen Reisküchlein.

Der palmyrische Reis, den das alte Akademiemitglied besorgt hatte, besaß am ehesten Ähnlichkeit mit Schrotkugeln. Wir hatten ihn zusammen mit dem fossilen Moos gemahlen, einem Gemüse so hart wie Korallen, die Mischung vierzehn Tage in heißem Wasser eingeweicht und Pfannküchlein daraus gemacht. Es war noch viel Teig für ein Soufflé übrig, das mit dem steif geschlagenen Eiklar der Kormoraneier zubereitet werden sollte.

François zerlegte die Keule mit einer schwertförmigen Klinge, von der die schönen, saftigen Scheiben dunkel wie rotes argentinisches Rindfleisch auf Teller fielen, die so heiß waren, dass der Saft darauf zischte. Der Duca di Valmonte, Gastgeber von einem Dutzend fast ebenso epochaler Festessen, saß wie hypnotisiert davor.

Die Kellner schenkten den Wein aus Tonkaraffen aus. Er war durchzogen von dem in Alkohol aufgelösten Email, das in Melun-Perrets Flugzeug sicher aus Sofia hertransportiert worden war. Naturgemäß schmeckte er nach Museum.

Dann gab es Klößchen von der Moschusochsenleber à la Maréchale mit finnischen Gurken, duftend wie Stinte, in der Mitternachtssonne gereift. Anschließend einen Salat aus Meeresalgen, Herzmuscheln und Rogen – alles aus der Arktis. Das Dessert war ein Sorbet aus großen Stücken Fossileis, so alt wie der Moschusochse selbst und kohlrabenschwarz. Ich hatte es zu Pulver gemahlen und mit Limonensaft und Sirup aufgeschlagen. In der sanften Beleuchtung sah es sehr hübsch aus.

Unser Sommelier brachte Vierliterflaschen Perrier-Jouët, und der Wein funkelte beim Einschenken bernsteingelb und grün, wie die Springbrunnen in Versailles. Musikanten kamen hinzu, spielten Flöte, Fagott und Oboe – archaische, fremde Musik, und doch heiter und fröhlich.

Draußen vor dem Faisan d'Or hatte sich eine gewaltige Menschenmenge versammelt, denn die Journaille hatte das Interesse entfacht; es gab Suchscheinwerfer und einen Sanitätswagen, bestellt von der Zeitung *Excelsior,* die das Vorrecht auf Katastrophenberichte hatte. Jede Sekunde explodierte ein neues Blitzlicht und hüllte den Kellerraum in Qualm. Die Professoren fassten sich an die Kehle, husteten und schnappten nach Luft. Um sie vor dem Ersticken zu retten, brachte Pierre Ventilatoren herbei. Wochenschaukameras surrten. Journalisten kletterten über das Seil, um Georges Melun-Perret zu befragen. Der schickte sie allerdings zu Bürgermeister Lambert am Kopfende des Tisches weiter, auch wenn dessen Revers bar jeden Schmucks war. Unablässig machten sich die Reporter Notizen.

Danach kamen die Reden: zuerst Bürgermeister Lambert, dann der Bildungsminister. Anschließend hielt ein elfenbeinern zerbrechlicher alter Akademiker, der die Finger in seine Schnupftabakdose tauchte, eine Rede, die seltsamste von allen.

»Mitbürger«, begann er, »das Pleistozän war ein eigensinniges Zeitalter. Ich nehme an, dass wir heute Abend die Gäste jener Ära gewesen sind.

Der Moschusochse war der großartigste Vertreter der damaligen Tierwelt. Man kann nur bedauern, dass er unter Eis und Schnee begraben wurde. Ich hoffe, dass Forscher in den nördlichen Breiten statt Kohlevorkommen oder einem möglichen Flughafengelände in Zukunft dicke Schichten von Moschusochsen und unerschöpfliche Rindfleischminen ausfindig machen, genug, um die Menschheit zwanzig Generationen lang zu ernähren!

Als Archäologe möchte ich diese ganz besondere Keule loben. Sie beweist, dass die Art der Bovinen schon vor der Dämmerung der Antike perfekt war, dass sie bereits eine Vollkommenheit erreicht hatte, als die Menschheit noch nicht von Orang-Utans zu unterscheiden war. Die Schwächen des Menschen sind der Ruin des Erdballs. Theologen haben nur wenig Gutes über ihn zu berichten. Vielleicht bringt ihn sein Kriegstreiben dem Untergang näher. Dennoch – etwas Gutes muss zugunsten dieses unzulänglichen, aber oft wohlmeinenden Zweifüßers gesagt werden: Er erfand den Wein! Meine Herren!« Der Alte hob das Glas. »Auf Noah, der als Erster einen Rebstock pflanzte!«

Das war der Trinkspruch. Schwerfällig setzte sich der Professor wieder und lächelte selig vor sich hin. Er war wirklich sehr betrunken.

Am nächsten Tag hörten wir viel über das prähistorische Menü, auch noch mehrere Tage danach – vielleicht zu viel. Verschiedene Akademiker, Feinschmecker, Wissenschaftler und Abgeordnete waren verärgert, nicht eingeladen worden zu sein. Es waren genug, um eine ganze Herde Moschusochsen zu verzehren. Die Zeitungen brachen in Lobeshymnen über das Menü aus, druckten jedes Detail, jede Rede. Man hätte denken können, das Faisan d'Or sei das einzige Restaurant in Paris, ja in der ganzen Welt, und François der beste Koch seiner Epoche. Man sah ihn in der Wochenschau, man hörte ihn im Radio – er war berühmt. Der Club des Cent, diese höchste gastronomische Instanz, richtete ihm ein Mittagessen in der Rue du Faubourg Saint-Honoré aus. Was Bürgermeister Lambert angeht: Sowohl *Candide* als auch

Nouvelles Littéraires erklärten, ihm müsse auf der Stelle ein Ehrenband verliehen werden.

Die Kundschaft im Faisan d'Or verdoppelte sich über Nacht. Die Woche verging und immer mehr Gäste kamen. Dann kehrte Monsieur Paul unerwartet von seiner Englandreise zurück, stolzierte durch die Küche in sein Büro und rief mich zu sich.

»Es gelingt mir nicht, Monsieur Gallois«, sagte er kühl und schlug mit der Hand auf einen Stapel Zeitungen auf seinem Schreibtisch, »es gelingt mir einfach nicht zu verstehen, was das hier zu bedeuten hat.«

Er drehte eine Karikatur nach der anderen um: François, der inmitten von Eisbergen Steaks für zitternde Steinzeitmenschen grillt. François, der Senatoren die Hand gibt – und dem unsterblichen Escoffier, eine Ehre, die Generälen, Staatsmännern und Herrschern vorbehalten war.

»Und das hier ... das hier!«

Monsieur Paul schaute mit dem verletzlichen, vorwurfsvollen Blick eines Spaniels zu mir auf, der grob behandelt worden war.

»Monsieur«, sagte ich, »es sollte dem Faisan d'Or nützen. Auf gewisse Weise war es ein Jux, der sich bezahlt gemacht hat, und es tut mir leid, falls ...«

»Rufen Sie François herein!«

Ich gehorchte. Als François mit seinem langsamen, schwerfälligen Gang eintrat und sich die Hände an der Schürze abwischte, zog ich mich zurück und schloss die Tür hinter mir. Seine Vorladung war ein Gradmesser für das gewaltige Missfallen von Monsieur Paul. Ich schaute mich um, doch niemand sonst in der Küche bekam mit, dass Ärger im Anmarsch war, da alle auf ihre Aufgaben konzentriert waren.

Durch die angelehnte Tür zum Garten sah ich Jules, der inmitten seiner Töpfe mit Estragon, Koriander und Basilikum kniete. Er konnte sich nur selten von seinen Kräutern trennen. Jules besaß eine mönchische Hingabe zu dieser Einfriedung mit den Steinhaufen, den Über- resten einer Zisterzienserkapelle, überwachsen von Fen- chel und Basilikum, und dem Gartenhaus, in dem er sein Zimmer hatte. Dieses kleine Reich vermittelte ihm Be- ständigkeit und eine warme, umfassende Zufriedenheit, die ihn gegen die raue Welt da draußen wappnete. Er sah durch seine Kräuter zu mir herüber und schüttelte kum- mervoll den Kopf.

»Ach, Jean-Marie«, mochte er sagen, »du wirst zu deinem Nougat zurückkehren.«

François war immer noch im Büro, und sein gedämpf- tes Gepolter drang wie Donner bis in die Küche. Er legte seinen Posten nieder. Bei seiner Abdankung verlieh er als Künstler, der im Austeilen von Beleidigungen ebenso unvergleichlich war wie beim Braten von Fleisch, jedem Satz mit fuchtelnden Armen Gewicht und Präzision. Mit Bedacht wählte er ein Französisch, das so gelehrt war wie eine Rede an der Sorbonne. Zwischendurch klopfte er sich auf die breite Brust, als stoße ein Rammbock da- gegen. Er habe, sagte er, Geschichte geschrieben. Und da- mit hatte er recht. Stammgäste des Faisan d'Or bemaßen Geschichte nicht an Schlachten und Regierungszeiten, sondern an Banketten, Festmahlen und den Triumphen der Künstler in der Küche.

»Und nun, Monsieur Paul, ein persönliches Wort…«

Beide Arme von François schossen zitternd in die Höhe. Er vergaß die Theatralik und setzte aufs Gefühl, offenbarte sein Herz aus den kreolischen Sümpfen mit einem Hauch von Afrika. Seine Ausdrucksweise hätte Schauder über die Kopfhaut eines militärischen Ausbilders gejagt. Jules im Garten hielt sich die Ohren zu. Der Senegalese lehnte den Besen an die Wand und zitterte vor ehrlich empfundener Angst. Monsieur Paul – wir konnten ihn durch die gläserne Abtrennung sehen – beugte sich über den Tisch, schlug die Hände vors Gesicht. François kam heraus. Hinter ihm fiel die Tür leise ins Schloss. Er rückte sein Halstuch zurecht, betastete es vorsichtig und schritt davon. Aus seinem stolzen Gang und der schräg über dem Auge sitzenden Kochmütze war klar abzulesen, dass für diesen Phönix, für dieses Naturwunder von Koch kein Platz mehr im Faisan d'Or war.

Mit den noch frischen Lorbeeren vom prähistorischen Menü wechselte François zum Roi Nantois, wo ihm auf der Stelle ein Posten auf der Hierarchiestufe von Monsieur Paul angeboten wurde. Glück hatte das Roi Nantois, Glück hatten auch seine Aktionäre sowie seine Stammgäste, denn bald sollte es mit einer Wertung von drei Sternen im *Guide Michelin* gefeiert werden. Vielleicht sollte ich bei aller gebotenen Bescheidenheit hinzufügen, dass ich einen Tag nach François' Wechsel zum Saucenmeister des Roi Nantois ernannt wurde und außerdem für Fisch und Fleisch zuständig war.

Was Bürgermeister Lambert betraf: Aufgrund des Moschusochsenfestmahls wurde er eingeladen, fünf Vorlesungen über die Steinzeit zu halten, und bekam im Frühjahr seine Auszeichnung.

Frankreich ehrt jene, die seinen nationalen Ruhm in Wissenschaft und Kunst mehren. Mit besitzergreifender Eifersucht hält es diese Menschen fest. »Frankreich«, sagt Balzac, »verbraucht jetzt das Gehirn der Menschen, wie es ehemals die Köpfe der Edelleute abschlug.«

Vielleicht wird Frankreich ja im kommenden Goldenen Zeitalter sogar einen Koch ehren...

12

In Übersee

Die Geschicke eines großen Restaurants sind nicht weniger wechselhaft als die von Menschen, Imperien oder Weinen, deren Größe vom Jahrgang abhängt, ein Zufallsprodukt aus Bakterien und Sonnenlicht. Die Blütezeit des Roi Nantois fiel mit dem Regime von François zusammen. Mit dem Prestige stieg auch der Umsatz. Im selben Jahr speisten der Club des Cent und der Saintsbury Club aus London unter unserem Dach, dazu gab es ungezählte kleinere Veranstaltungen, etwa Bankette für Herrscher und Botschafter. Pierre kam ebenfalls zu uns und brachte unseren Freund, den Sommelier, und seine Sammlung von Aktfiguren in Pfirsichkernen mit. Das Faisan d'Or blieb trotz dieser und anderer Plünderungen seines Personals unbeeinträchtigt, da es in der Küche immer noch genug bemerkenswerte Männer gab, und die Tradition bringt viele Talente hervor.

Vielleicht gab es kein größeres als unseren dunklen Antäus aus den Sümpfen Louisianas, nicht einmal Jules reichte an ihn heran. François' Technik war meisterhaft und originell. Bei ihm wirkten die kompliziertesten Gerichte leicht. Sein Geschmack schloss nichts aus. Er glich einem Philosophen, der auf der Suche nach der ewigen Wahrheit sein Leben lang begeistert von einer Überzeugung zur anderen wechselt und darin Trost findet. Vor der alten Schule und Meistern wie Francatelli, Soyer und Escoffier hatte er die größte Hochachtung, wie sie bei Künstlern so oft mit vorsichtiger, grenzenloser Skepsis einhergeht.

»Vielleicht«, sagte François beispielsweise und drehte eine Pfanne über einer Flamme, »liegt die Wahrheit ganz woanders. Was weiß ich schon? Nehmen wir einfach an, dass dies hier verdammt gut wird.«

Einer seiner Sprüche, die ich in meinem Notizbuch finde, müsste in unvergängliche Bronze gegossen werden: »Zurückhaltendes Würzen ist die raffinierteste Form der Betonung: Aber nicht alle Gerichte verdienen Raffinesse.«

François mochte dabei seine Sauce béarnaise im Sinn gehabt haben, nussig und buttrig, mit ihrem erlesenen, überraschenden zweiten und dritten Echo am Gaumen, wie die schillernden Farben einer Ölpfütze. Oder seine Sauce für gegrillten Hammel in ihrer rauen, flackernden, wilden Herrlichkeit, inspiriert durch eine Kindheitserinnerung, ein Picknick im Sumpf. In seinen Kreationen wagte er sich weit vor. Wer wird je seine Interpretation der Garnelen à la Mirabeau vergessen, ein Gericht, das der Stadt New Orleans einen festen Platz im Herzen von François selbst und seinen Stammgästen bescherte? Das Roi Nantois wurde, obwohl durch und durch französisch, ein internationaler Umschlagplatz der Wunder. François war der Ansicht, ein wahres Regionalgericht sollte eine spontane Beziehung zwischen dem Speisenden und dem Gebiet, aus dem es stammt, herstellen. Darüber habe ich mir oft Gedanken gemacht. Könnte der Biss von einem Steak Esterházy uns einen ebenso intensiven Einblick in die Seele Ungarns vermitteln wie zwei Kapitel von Mór Jókai? Oder könnte uns ein Teller *haggis* genauso schnell in die Highlands versetzen wie die Musik von Dudelsäcken? Speisende, die bei jedem Malmen der Kiefer zu solchen Leistungen fähig sind, sind so selten wie wahre Mystiker.

Gelegentlich schaute in der Küche des Roi Nantois ein großer, grummeliger älterer Herr in Tweed vorbei, Casson, ein Freund von François, dessen Nase einer in einen sahnigen Schnurrbart getauchten Erdbeere glich. Er war ein Freund des Hauses und hatte schon immer dort gegessen. Casson war bereits so lange in Paris, dass er glaubte, nie woanders gelebt zu haben, und wir staunten, als wir erfuhren, dass er Engländer war und nur eine französische Mutter hatte.

Doch einmal erzählte er von seiner Kindheit in Sussex und von einer Fleischpastete, die er auf einem Bauernhof gegessen hatte, löffelweise ausgeteilt. Manchmal kamen das Aroma und die Struktur dieses Fleisches wie ein beharrlicher Traum zu ihm zurück. Vielleicht war es wirklich nur ein Traum. Allerdings war Sussex tatsächlich unübertroffen in der Herstellung von gekochten Fleischpasteten.

»So ist es, sagt man«, murmelte François. »Was weiß ich schon?«

In seinem zweiten oder vielleicht auch dritten Jahr fand sich François in England wieder. In weiser Voraussicht hatte das Haus ihn dorthin geschickt, um sich Wild, Downland-Schafe und andere sehr britische Dinge anzusehen, Ale zu trinken, Törtchen zu essen und den Vertretern von Reisebüros die Hand zu schütteln. Pariser Köche sind in England ebenso zu Hause wie englische Akrobaten in Frankreich.

»Dieses Sussex, ist das weit weg?«

Nein, erklärten wir ihm, und es sei eine angenehme Grafschaft. Und was die Pasteten angehe – nun, da müsse er sich durch Pevensey, Bognor Regis und so weiter essen und sich selbst ein Urteil bilden. So machte François sich auf, und eines Tages wurde ihm in einem Dörfchen unweit von Lewes in einem alten Kutscherhaus an einem Markttag, als das Gasthaus voller Viehtreiber war, ein sogenannter *meat pudding* serviert, das *sine qua non* unter den Fleischpasteten, dampfend wie der Vesuv. Unser Exilant in Tweed hatte recht gehabt. Es war mehr als ein halber Traum. Das Gasthaus bereitete seinen »Pudding« schon seit zweihundertsiebzig Jahren zu.

»Da gibt's kein Rezept«, sagte die Wirtin mürrisch. »Der kocht im Kessel in der Waschküche. Um sechs mach ich die Kohlen an, dann kocht er bis Mittag.«

François besorgte goldbraunen Portwein für den Wirt und den Vikar im Salon, Double Ale für die alten Zecher im Schankraum und Gin für die Dame in der Waschküche. Er lobte alles und jeden, vom Kirchturm bis zu den süßen Kätzchen des Gasthauses. Angesichts seines Charmes schwand die Verstocktheit dahin, und bald hatte er das Rezept im Kopf, das älter als Cromwell, ja fast so alt wie die Magna Charta war und den amerikanischen Touristen hartnäckig vorenthalten wurde. In François' Kopf ging es eine enge Verbindung mit dem Geist des Portweins ein. In der Aprilsonne spazierte er die Straße entlang. Wie bezaubernd war doch das ländliche

England, ganz wie bei Dickens! Benommen grinste er die saftigen Lämmchen an, die über die Weiden tollten, und atmete den frischen Geruch wilder Minze ein. Die Lerchen sangen wohltönend. Selig torkelte François in einen Graben und schlief ein.

Als er aufwachte, lag er in einem unglaublich weichen Bett und wurde von einer Krankenschwester mit Apfelbäckchen umsorgt. Zwei Tage lang wurde er im Krankenhaus festgehalten. Weil er das Rezept der Fleischpastete gestohlen hatte? François war argwöhnisch, doch dann unterschrieb er das harmlose Papier, bekam einen Scheck über drei Pfund und wurde rasch vor die Tür gesetzt. Bei einem Reisebus war während der Fahrt eine Achse gebrochen, sodass er umstürzte und seine Passagiere auf François im Graben kippte. Als man ihn fand, war er so gut wie tot.

Er ist nicht jedermanns Geschmack, dieser »Rumpsteak-Nieren-Pudding nach Art von König Heinrich VIII.«, wie François ihn nannte. Das Gericht ist üppig, angelsächsisch und prächtig und darf nicht leichtsinnig angegangen werden. François bereitete es vor unseren Augen in der Küche zu, und dort verzehrten wir es dann um Mitternacht zu fünft, wir Köche, der Exilant in Tweed und Georges.

Mag Sussex auch die Stirn runzeln angesichts meiner Indiskretion, das Roi Nantois wird Verständnis haben. François verknetete ein Pfund Mehl mit der halben Menge feinem Nierenfett, einem großen Teelöffel Backpulver, ebenso viel gehackter Petersilie sowie Salz und Pfeffer zum Würzen. Er vermengte alles mit Wasser zu einem dicken Teig und legte damit eine Schüssel aus, behielt aber etwas für den Deckel zurück. Auf den Teig gab er zwei Pfund Rumpsteak und ebenso viel Rinderniere, klein geschnetzelt. Dazu kamen ein Dutzend Austern, ein halbes Pfund Wiesenpilze, fünf gehackte hartgekochte Eier. Dann die Gewürze: ein Teelöffel Petersilie, eine klein geschnittene Zwiebel, schwarze Pfefferkörner, ein halbes Dutzend Nelken und eine Prise Muskatnuss. Weiter eine Tasse Rotwein, ein Schuss Worcestersauce und so viel heißes Wasser, dass es bis zum Rand stand. Darauf wurde der ringsherum angefeuchtete Teigdeckel gelegt. Dann wurde die Schüssel mit Pergamentpapier abgedeckt. Unter den Rand wurde ein Tuch gebunden, die Ecken wurden oben verknotet, und so wurde der Pudding in kochendes Wasser gesetzt, wo er ungefähr fünf, doch niemals weniger als vier Stunden ohne Unterlass garte.

Das Roi Nantois hatte Sussex verfeinert, wie der geneigte Leser vielleicht bemerkt hat. Es wäre sinnlos, in England nach etwas Ebenbürtigem zu suchen. Die Nieren sind vorzüglicher, der Teig ruft keine Trägheit hervor, nicht einmal in ihrer angenehmsten Form, und der Wein und die Gewürze verleihen dem Gericht das warme Glühen eines Weihnachtsfeuers.

Die breite Masse unserer Gäste bestellte es nicht. Auch nicht die britischen Touristen, die der Meinung waren, dass sie, da in Frankreich, irgendein Mousse probieren sollten. Die Ausnahme machte eine Gruppe von sechs, sieben Personen: ein Bischof, ein Admiral außer Dienst und ihre stillen Freunde, bulldoggenartige graue Männer, die die Pastete zweimal im Jahr bestellten und einen ganz besonderen Abend daraus machten. Sie brachten niemanden sonst mit. Sie rauchten Bruyèrepfeifen, tranken heißen Gin mit Wasser und unterhielten sich mit einem verträumten Blick, so als hüteten sie ein Geheimnis. Ich glaube, sie lebten an der Riviera, aber das Roi Nantois war für sie ein Stück England und sollte es immer bleiben.

Casson, unser Freund in Tweed, lehnte sich zurück und zündete seine verkohlte Bruyèrepfeife an. Mit der Suppe war seine Schroffheit verschwunden, wir hatten gut gespeist, so wie immer bei Chez Raban: Forelle, Hasenragout und einen Salat. Casson spähte in die Dunkelheit und nickte beim Paffen gütig mal hierhin, mal dorthin. Ein gewaltiger Rollkutscher, dessen rotes Mondgesicht von einem schwarzen Schnurrbart zerteilt wurde, saß über seinen Teller gebeugt, die Adern an seinen Schläfen traten bei der anstrengenden Kautätigkeit hervor, die Augen quollen ihm aus dem Kopf, die Backen waren prall gefüllt. Er winkte Casson mit dem Messer zu und aß mit langsamer, verzückter, gesunder Gier. Es war ein Wunder, dass er Casson oder etwas anderes außer der Köstlichkeit vor sich überhaupt wahrnahm.

Chez Raban war ein Treffpunkt von Rollkutschern, Gemüsehändlern und Weinböttchern, schmutzig und duftend wie ihre Fässer. Es war das unsauberste Restaurant in der Nähe der botanischen Gärten; das Publikum war männlich und speiste in Hemdsärmeln; die dortige Küche war für den Preis höchst empfehlenswert. Zwei Mädchen bedienten an den Tischen. Raban, eine kleine Mumie von Mann, schindete sich an einem Herd vor der Wand, seine Finger bewegten sich mit anmutiger Behändigkeit. Sie huschten über Pfannen, schwebten über Dampf und Hitze und – das ist eine Tatsache – zuckten dann vorsichtig zurück wie Schmetterlinge, die sich einer Ziegelsteinmauer oder einer Stahlwand näherten. Diese Finger waren Rabans Antennen.

»Verdammt!«, schnaubte Casson verächtlich. »Ich kann überhaupt nichts sehen – nicht das kleinste bisschen!« Er spähte über die Brille in den Raum. »Gütiger Himmel!«, rief er dann mit verärgerter Stimme: »Raban!«

Raban eilte zu ihm.

»Was«, fragte Casson flüsternd, »was haben Sie diesem Grobian heute gegeben? Was hat er da auf dem Teller, dieser ungehobelte Kerl?«

»Ah, das ist ein *navarin* vom Hammel, M'sieu. Ein *printanier!*« Raban grinste uns zahnlos an und rieb sich die Hände.

Casson stieß ein Schnauben aus, das einem wütenden Bullen im Zoo zur Ehre gereicht hätte. »Aber die weißen Rüben, Mann! Woher haben Sie die? Sind das nicht kleine Teltower Rübchen?«

»Ganz recht, M'sieur. Offensichtlich kennt sich M'sieu mit Rüben aus. Vielleicht ist er gar Botaniker?«

»Raban, Sie sind ein gewiefter Schmeichler!«, sagte Casson. »Trotzdem wüsste ich gerne, weshalb der einen *printanier* bekommt und ich nicht!«

»Nun, sehen Sie, M'sieu, Grasset hat die Rübchen selbst mitgebracht. Nur einen Hut voll. Sie wurden gerade erst in Les Halles angeliefert, und er arbeitet dort.«

»Pardon«, sagte mein Freund. »Aber wenn etwas übrig sein sollte, bewahren Sie es doch bitte für mein

Mittagessen morgen auf. Und grüßen Sie M'sieu Grasset recht herzlich von mir.«

Als der Wirt zu Grasset ging, um die Nachricht zu übermitteln, murmelte Casson interessiert vor sich hin. Er kannte die Geschmäcker aller Gäste bei Chez Raban. Oft aß er hier, wenn er seinen monatlichen Scheck erhalten hatte und gut bei Kasse war. Hätte er keine Schecks aus England bekommen – er war zwar ein guter Botaniker, aber sein Intellekt allein hätte ihn in Armut gestürzt –, hätte er nicht Stammgast im Roi Nantois sein können.

»Ein ungewöhnlicher Kerl, dieser Grasset«, bemerkte er, »auch wenn er äußerlich eher grob wirkt. Er ist übrigens überaus wohlhabend, besitzt all die Rollwagen und Pferde, mit denen er Fleisch und Kohl zu den Markthallen transportiert. Er hat die Bodenhaftung nicht verloren. Draußen in Grisy-Suisnes hat er einen kleinen Bauernhof, mit dem er keinen Sou verdient, aber der seiner Seele alles gibt, was sie braucht. Er ist ein großer Rosenliebhaber. Wenn sein Lieferwagen nachts in den Elendsvierteln über das Kopfsteinpflaster rattert, träumt er von Rosen.

Wisst ihr, wie schön eine Damaszenerrose sein kann? Ich wusste es nicht, bis ich den von Eiben umgebenen Garten des Rollkutschers sah – ein Ort wie im Traum, erfüllt vom Rascheln der Dryaden.«

Casson trank einen großen Schluck *marc* und zuckte mit den Schultern. »Sehnsucht nach der Erde«, sagte er. »In meinem Beruf findet man viele, die ihr verfallen sind, und man muss sie beneiden.

Einmal war ich in Philadelphia – mein erster Besuch

dort – und hielt an einem College einen Vortrag darüber, was wir hier im Jardin des Plantes so machen, berichtete über die Arbeit einiger alter Professoren wie Buffon und Lamarck. Die Menschen in jener Stadt waren ungeheuer gastfreundlich. Einen Monat oder länger war ich den Gartenliebhabern und Schülern des esoterischen Gartenbaus, der Kräuterkunde, ihren Heilpflanzen und dazugehörigen Legenden sozusagen ausgeliefert. Viele von ihnen waren Quäker, alle höchst entgegenkommend und hilfsbereit, und ich hielt einen Vortrag nach dem anderen bei kleinen Gartenclubs.

Eines Nachmittags sprach ich in Chester, und als ich ins Hotel zurückkehrte, lag dort ein Brief für mich. Eine Einladung. Von einem Mr. Vignal, persönlich zugestellt. Ein sehr netter Brief, in dem stand, wie sehr er sich für meine Vorträge interessiere und ob ich bei ihm zu Abend essen würde. Er schien davon auszugehen, dass ich annahm. Allerdings hatte ich zwei oder drei weitere Einladungen für den Abend, bei einer hatte ich schon halbwegs zugesagt. Aber irgendetwas an diesem Brief faszinierte mich. Mr. Vignal berichtete begeistert, ja fast fanatisch von Kräutern und Pflanzen. Und das gab den Ausschlag. Ich habe eine wunderliche Vorliebe für Fanatiker, wenn ihre Leidenschaft – sei es für Kunstgegenstände, Feuersteine, siamesische Katzen, Spinettmusik, alte afrikanische Handelsrouten oder Geister – intensiver, aber harmloser Natur ist. Ihr übersteigertes Interesse ist oft die Folge einer Offenbarung oder einer in sich stichhaltigen Erfahrung. Es kann sogar übertragbar sein. Ich hätte einen kleinen Funken gebrauchen können.

Ich zog mich um und wartete. Dann kam Mr. Vignal –

ein kräftiger, großer Mann, wettergegerbt, mit Falten um die Augen und einem schwedischen Akzent. Bei bedrohlichem Wetter fuhren wir los, zwanzig Meilen weit, am Ende umgeben von Regen und schwarzem Nebel. Vignal war ein sehr stiller Mann, sprach nicht viel, doch ich hörte heraus, dass er ein Hobbygärtner war, der noch nicht sehr lange in der Gegend wohnte, höchstens ein Jahr. Wir bogen von der Straße ab, und er öffnete eine große Eisenpforte, die hinter uns ins Schloss fiel wie ein Gefängnistor. Die Auffahrt war steil; sie wand sich durch das Gelände, das landschaftlich gestaltet war. Ich sah nichts als Baumgruppen und Büsche. Viel Flieder, hier und dort roch ich den Duft einer Kiefer. Es gab unzählige Bäume.

Was für ein Grundstück! Am Ende einer Kiefernallee kam der Wagen zum Stehen. Hier war ein Haus, das ich im Schein einer Lampe unterm Vordach gerade so erkennen konnte. Durch den Regen eilten wir hinein.

An die mit Marmor ausgekleidete Eingangshalle schloss sich das Wohnzimmer wie eine Amtsstube an. Es war klein und schlicht eingerichtet, Bücher an den Wänden, Hunderte von Büchern, und im Kamin ein fröhliches Feuer. Wir setzten uns davor, die Hände um warme Getränke geschlungen, während die lebhafte Mrs. Vignal plaudernd den Esstisch deckte.

Das Haus besaß eine gewisse Ähnlichkeit mit einem bescheidenen Bauernhof. Auf den Regalen reihten sich Setzlinge von Kiefern, Lärchen, Wein und Blumen, auf dem Beistelltisch lagen Kiefernzapfen, Baumrinden und Holzstücke, doch auch Bechergläser und ein Mikroskop standen dort.

Das Essen wurde aufgetragen. Sehr schlicht, sehr französisch: eine Hammelkeule in der Kasserolle mit in Butter geschwenkten grünen Bohnen und einem Kopfsalat mit Schnittlauch. Die Tochter der Vignals gesellte sich zu uns: ein brünettes Mädchen von ungefähr fünfzehn Jahren, so still wie sein Vater, aber mit einem außergewöhnlichen, fast schon mürrischen Ernst. Wie gut erzogen sie war! Sie brachte warmes Brot aus dem Ofen. Und aus einem Schrank zwischen den Büchern holte sie eine dunkle Flasche Wein herbei. Wie war dieses vom Alter gedunkelte Treibgut, dieser Domaine de Chevalier, wohl zu diesem Herrn gelangt, was meint ihr? Vignal wusste es, und der Anflug eines Lächelns umspielte seine Lippen, als er ihn in unsere schweren Gläser goss, vorsichtig, aber großzügig. Dann aßen wir ein Eckchen Kräuterkäse, in einem dunklen Keller gereift, Kekse und eine nach Moschus duftende Birne. Das Essen war viel besser, als ich verdient hatte.

Als der Tisch abgeräumt war, setzten wir uns vor das Feuer aus Eichenscheiten. Es war Spätsommer, doch die Nebel vom Susquehanna River können in dieser Höhe sehr kühl sein. Das Mädchen brachte uns sprudelnd heißen Kaffee mit dem Duft von Chicoree. Wohl auf ewig werden die Franzosen für diese Folge der englischen Blockade zu Zeiten Napoleons dankbar sein, als Mangel an Kaffee herrschte und der Chicoree billig war. Wir tranken ihn, wärmten unsere Füße am glühenden Feuer und rauchten so viel Tabak in Maiskolbenpfeifen, dass die Wände sich hinter dem Qualm aufzulösen schienen. Mrs. Vignal strickte still vor sich hin, die Füße auf einem Betkissen, und wenn sie etwas sagte, dann zu ihrer Tochter, die vorgebeugt hinter ihr auf einem Stuhl saß und uns aufmerksam lauschte. Ich fragte mich, was sie an unserem Gespräch über Erde, Pflanzen, Kräuter und so weiter interessant finden mochte. Aber sie lachte oft, allzu sehr bemüht, wie mir schien, unser Gespräch amüsant zu finden. Es war ziemlich auffällig. Ich fasste ihr Lachen als Ermunterung auf, erzählte von den sonderbaren Dingen, die mir im Jardin des Plantes und bei meinen Streifzügen in und um London widerfahren waren, und übertrieb dabei ein wenig.

Das Mädchen lachte fröhlich. Mir wäre lieber gewesen, ich hätte nicht diesen schrillen, hysterischen Unterton gehört. Vignal rauchte zufrieden, nickte hin und wieder, sprach aber nur selten, als sei er mit den Gedanken woanders, draußen in seinem Garten oder auf dem Meer. Er besaß keine rechte Begabung fürs Gespräch, obwohl sein Leben voll bemerkenswerter Ereignisse gewesen war. Und so erzählte ich nur für das Mädchen. Der Abend war wie ein Urlaub für die Kleine.

Um Mitternacht brachen wir auf. Vignal ging nach oben, um seinen guten Hut und Mantel zu holen, seine Frau folgte ihm, wollte einen warmen Schal für ihn heraussuchen. Dadurch war ich eine Minute mit dem Mädchen allein.

›Ich hoffe, Sie kommen noch öfter‹, sagte sie. ›Kommen Sie, wann immer Sie können. Wissen Sie, was es für uns – für mich – bedeutet, Menschen lachen zu hören?‹ Sie griff nach meinem Handgelenk. Ihr Blick war sehnsuchtsvoll und flehend. ›Als wir hierher zogen, dachte ich lange Zeit, ich würde es nicht aushalten. Deshalb: bitte, Mister Casson …‹

›Ganz gewiss werde ich kommen‹, sagte ich. ›Sobald ich wieder in der Nähe bin.‹

Die Eltern kehrten zurück. Ich verabschiedete mich von dem Mädchen und der fröhlichen Mrs. Vignal und ging nach draußen zur Auffahrt. Wie erfrischend die Luft war! Die Pflanzen waren schwanger von Duft. Azaleen hingen schwer entlang des Wegs, es gab Beete mit Basilikum, Salbei und Majoran, dessen krause Spitzen schlaff herabhingen wie die Köpfe von Engeln. Ich stieg ins Auto, und wir fuhren los.

Auf der Rückfahrt war Vignal besserer Laune, ein gewandterer Gastgeber, kommunikativer. Er hatte viel über Gartenbau zu erzählen, auch wenn er zögerlich und mit Akzent sprach und nach einer Weile zum Französischen überging. Vignal stammte aus Dalecarlia, einer landwirtschaftlichen Region in Schweden. Das Leben dort hatte einen tiefen Eindruck bei ihm hinterlassen. Er sprach von den Vögeln, den vom Wind gepeitschten Bäumen, den gewaltigen Stürmen, den Ernten und dem alten Bauernhaus mit den Schwalbennestern unterm Dach. Doch als er achtzehn war, ging er zur See.

›Sind Sie lange zur See gefahren?‹, fragte ich.

›Mehr als genug. Fast dreißig Jahre lang. Sogar als ich Kapitän war, träumte ich vom Land. Ich konnte es riechen, selbst wenn ich weit draußen auf dem Meer war. Eine große Sehnsucht, die ich nicht beschreiben kann, zog mich an Land. So wie manche Menschen Sehnsucht nach dem Unsichtbaren oder dem Ewigen haben.

Und jetzt bin ich auf festem Boden. Was will ich mehr? Ich habe meine Bäume und Sträucher und das Gras, um das ich mich kümmern muss. Und den Geruch frischer

Erde. Ich bin glücklich, wenn ich in der Erde grabe, wenn mein Spaten im Boden versinkt und schrill auf Kies stößt. Es gibt keinen Geruch, der dem Aroma umgegrabener Erde gleicht, diesem feuchten Duft tief unter der Grasnarbe. Wenn ich im prallen Sonnenlicht grabe, dampft der Boden, und in dem Dunst tanzen die Schmetterlinge wie Vögel in der Gischt eines Brunnens.

Nein, das wird mir nie langweilig werden. Für mich ist es der Geruch des Lebens selbst. Wie Wein. Er steigt mir zu Kopf, ich könnte den ganzen Tag und die halbe Nacht arbeiten.‹

Vignal hielt inne und erzählte dann von seiner Frau. Er habe sie kennengelernt, als er während des Krieges in Le Havre war. Mit ihr sei er nach Baltimore gegangen und dann amerikanischer Staatsbürger geworden. Seit einem Jahr wohnte er nun draußen auf dem Land.

›Meine Frau hat sich sehr gefreut, Sie zu sehen‹, sagte er. ›Sie hört nicht sehr oft ihre Muttersprache.‹

›Für eine Exilfranzösin hat sie sich gut geschlagen‹, bemerkte ich. ›Und ich bin mir sicher, dass sie ganz glücklich ist.‹

›Oh, ja.‹

Vignal warf mir einen Seitenblick zu und verfiel in Schweigen. Ich war versucht, über seine Tochter zu sprechen, aber ich wusste, was ihm durch den Kopf ging, und nahm deshalb Abstand davon. So unterhielten wir uns über etwas anderes. Ich versprach wiederzukommen, wenn es mich noch einmal nach Philadelphia verschlagen sollte. Er sagte, er würde Augen und Ohren offen halten. Bald erreichten wir das Hotel, und da es spät war, fiel die Verabschiedung kurz aus.

Ich blieb nur noch einen Tag in der Stadt. Ich ging in ein Geschäft und kaufte einige Bücher, die meiner Meinung nach Dittany Vignal gefallen würden.

›Und wie lautet die Adresse?‹, fragte der Angestellte der Buchhandlung.

Ich wusste es nicht. Es war höchst nachlässig von mir gewesen, mich nicht danach zu erkundigen. Doch der Angestellte war hilfsbereit und schlug im Telefonbuch nach. Sein einziger Anhaltspunkt war, dass das Haus irgendwo auf dem Land lag.

›Ich glaube, jetzt haben wir's‹, sagte er und schaute auf. ›Es gibt einen Mr. Vignal, der draußen in Woodmere wohnt. Das ist ein Friedhof, Sir. Und er ist der Wärter.‹«

13

Urlaub unter Kesselflickern

Ungefähr zu jener Zeit wurde ich meiner Lebensweise plötzlich überdrüssig: der heißen Küche, der Gerüche von bratendem Fleisch, der traurigen, derwischgleichen Schreie der Kellner, der Intrigen unter den Souschefs, der Flüchtigkeit unserer Arbeit, der nimmersatten Gefräßigkeit, der allabendlichen Klagen der immer gleichen vollgestopften Gäste. Brot war gerade gut genug für sie – Brot und Wasser! Ich verabscheute den Anblick von Essen. Dieses Leiden befällt Köche und Kellner oft. Ich hatte wohl die falsche Wahl getroffen und stürzte in tiefste Verzweiflung. Ich beneidete den Kesselflicker und den Pflasterer am Straßenrand, der mit seiner Pfeife vor einer Hecke saß und mit einem langen Hammer Steine zerschlug, das Mittagessen in Form eines Brots und eines Apfels in ein rotes Taschentuch gebunden. Ihr Gewerbe war bescheiden, aber am Ende hatten sie einen geflickten Kessel vor sich, der noch lange halten würde, oder einen ebenen Straßenabschnitt, der sie selbst überdauerte, der Lohn für ihre Mühe. Und am nächsten Morgen sahen sie die Sonne über einem anderen Hügel aufgehen. Kurz gesagt: Alles ödete mich an.

Und da war die Sache mit Célie gewesen.

Célie saß hinter einer Marmortheke neben der Tür des Roi Nantois und verkaufte Zigarren. Ihre Oberlippe war kurz und spitz, ihr Haar ein kupferrotes Gewirr. Sie war untersetzt und älter als ich. Dreimal im vergangenen Monat hatte ich sie ins Kino auf der Rue de la Gaîté und an ihrem freien Tag in den Jardin du Luxembourg ausgeführt, um der Musik der Kapellen zu lauschen. Ich war wie verblendet, es war furchtbar. Wir küssten uns oft, auf der Schwelle zu Célies Zimmer, und anschließend ging ich taumelnd unter den Sternen heim, trunken von einer unvernünftigen Vernarrtheit. Es war François, der mich mehr oder weniger zur Besinnung brachte. Eines Nachts im Park packte er mich bei den Schultern, schüttelte mich und brüllte mir die Wahrheit in die Ohren, bis sie mich erreichte. Meine Verliebtheit sei der Skandal des Roi Nantois und der Spott der Tellerwäscher. Célie Duval sei mehr als doppelt so alt wie ich und noch hässlicher als Pierre. Eine heimliche Liebelei für einen Abend sei das Höchste, was ich mir als Belohnung erträumen könne, und selbst das sei ein hoffnungsloser Traum, da Célie nicht nur unglaublich gierig und geizig sei, sondern auch mit einem Schaffner vom Bahnhof zusammenlebe, der sie heiraten wolle, wenn sie genug Geld gehortet hätten, Sou um Sou, um ein kleines Café in Rouen zu kaufen. François sagte noch mehr, aber ich werde es hier nicht wiedergeben, um meine Schmach nicht noch zu vergrößern.

Es braucht mehr als eine Mistgabel, um eine heiße Leidenschaft auszutreiben. Ich weiß nicht, was aus mir geworden wäre, wenn der Kessel im Roi Nantois kein Leck bekommen hätte. Er war eine Art Glücksbringer, ein großer Kupferkessel, vielleicht zweihundert Jahre alt, dessen Rand mit einem Muster aus Eicheln und Blättern verziert war. In ein paar Monaten, wenn die Touristensaison begann, würde man ihn benötigen. Ich bestellte einen Fuhrmann und begab mich mit diesem kuppelgleichen Topf hinaus zum Zigeunerlager jenseits des Waldes von Fontainebleau. Es gibt keine besseren Kesselflicker als die Zigeuner, und ich kannte eine Sippe von Kupferschmieden, die Vascuccis, die ein paar Mal im Roi Nantois gewesen waren. Tino, das Familienoberhaupt, hatte auch schon einen Zuckerkocher für meinen Onkel in der Provence repariert.

Tino fiel mir um den Hals, so beglückt war er, nicht nur mich, sondern auch einen so schönen Kessel zu sehen. Innerhalb einer Stunde kratzte er um das Loch herum die Form eines Sterns – eines sechszackigen Sterns, das Wappen, das Wahrzeichen der Vascuccis –, sägte ihn aus, setzte einen anderen Stern aus Kupfer ein und polierte die schmale Naht so kräftig, dass das Metall glänzte wie Platin. Anschließend standen seine beiden Söhne und zwanzig Zigeuner aus einem anderen Lager um uns herum und bewunderten das Ergebnis.

»Jean-Marie«, sagte Tino mit tränenersticktem Stolz, »geh noch nicht wieder! Ich möchte mich selbst eine Stunde lang an diesem Meisterwerk von Kessel erfreuen!«

Tatsächlich hatten viele Jahre der Hitze den Bodenring des Kessels so stumpf gemacht, dass er einen bleiernen Klang von sich gab, wenn man ihn anschlug. Tino hockte sich auf den Boden, zündete eine Pfeife an, drehte den Kessel um und bearbeitete ihn mit der flachen Seite eines Hammers, bis er nach einer Stunde wie die Morgenglocke im Turm von Saint Séverin tönte. Plötzlich erklang andere Musik die Straße entlang: Ein Savoyarde spielte auf seiner Flöte, hinter ihm schob seine Frau einen Handkarren, beladen mit hinreißenden kleinen Brieuc-Käsen, und um die beiden herum hüpften ihre braunen Ziegen. Es war ein schöner, sonniger Tag, und in den Buchen sangen die Hänflinge wie um ihr Leben. Der Wind in den Baumwipfeln und Telegrafendrähten klang wie eine äolische Harfe. Tino hievte den Kessel in den Wagen.

»Wohin fahrt ihr?«, fragte ich, als ich den unangemessen niedrigen Betrag von dreißig Francs bezahlte. »In Richtung Stadt?«

»Wir ziehen nach Süden«, sagte Tino. »Ich in diesem Wagen, meine beiden Söhne mit den Gaspards und drei weitere Wagen der Familie Lavell. Durch die Auvergne, wo in jedem Dorf eine Marmeladen- oder Keksfabrik steht, und dann nach Arles, wo Nougat gemacht wird.«

»Dann komme ich mit euch«, verkündete ich und schickte den Fuhrmann mit dem Kessel allein zurück.

Zwei Monate lang zog ich mit Tino, dem *grand jaspineur* der französischen Zigeuner und Wanderschausteller, und seinen Leuten durchs Land, auf einer so alten Route, dass wir auf Kessel mit den Erkennungszeichen von Schmieden stießen, deren Familien schon ein Jahrhundert vor der Revolution ausgestorben waren. Diese Zeichen auf den Kesseln entzifferte Tino für uns, als seien sie ein Geschichtsbuch oder Inschriften, die primitive Menschen an Höhlenwänden hinterlassen hatten. Das Leben an sich war großartig. Wir schliefen und aßen in Verstecken, die nur jene kannten, die in die Geheimnisse der Straße und des Gerberhandwerks eingeweiht waren, oder unter Hecken. Wir ernährten uns von gebratenem Igel, Brot und Disteln – schlichte Kost, aber ehrlich erworben und mit Hunger gewürzt. Den Gendarmen begegneten wir feindselig und mit Selbstachtung. Doch uns widerfuhr nichts Schlimmes. Zweimal wurde allerdings ein Familienmitglied der Gaspards eingesperrt, weil er ein etwas zu großes Messer getragen hatte oder nachdem jemandem eine Gans abhandengekommen war. Dann musste er warten, bis Tino kam und ihn herausholte.

Tino Vascucci wusste, wie diese unangenehmen Zwischenfälle in null Komma nichts zu klären waren. Er hatte einen gezwirbelten Schnurrbart, ehrliche Augen und die Würde eines arabischen Patriarchen. Einmal ging ich mit ihm zum Polizeirevier von Figeac, wo seine beiden Söhne und die Gaspards, eine robuste Sippe, unter den Bäumen auf ihn warteten, lässig hingefläzt rauchend.

»Eine Gans gestohlen, sagen Sie?«, fragte Tino, erschüttert bis ins Mark. »Unmöglich!«

»Aber man hat es gesehen«, beharrte der Polizeichef. »Zuerst war die Gans noch auf dem Feld, im nächsten Augenblick war sie fort – und diese Zigeuner hier fuhren die Straße entlang.«

»Das beweist doch gar nichts!«, rief Tino triumphierend. »Außerdem sind das hier gut erzogene junge Männer, die unfähig zu solchen Gaunereien sind! Also, wenn es ein Pferd gewesen wäre oder zwei Ochsen, dann könnte man es noch verstehen. Aber ein Vogel, das lohnt sich doch nicht. Und noch einmal: Diese jungen Männer haben noch nie in ihrem Leben Ärger gehabt!« Das war natürlich pure Phrasendrescherei. Doch es war nur der Anfang von Tinos Verteidigungsrede. Es kamen sogar von der Straße Zuhörer herein. »Und zum Beweis, welch hervorragenden Ruf diese Jünglinge haben – schauen Sie her!«

Dann faltete er ein Blatt Papier auseinander, immer dasselbe, das die Gendarmen beeindruckt überflogen und unter Stirnrunzeln, Nicken und Schnurrbartzwirbeln erörterten. Nach zehn weiteren Minuten – die Formalitäten mussten erledigt werden – fuhren die Gaspards, die Vascuccis und ich wieder die Straße entlang, frei wie die Vögel.

Dieses Papier zog immer. Tino bewahrte es unter seinem Sitz auf, für den Notfall. Ich fragte ihn, um was es sich handele und wie es in seinen Besitz gekommen sei.

»Diese kleinen Schelme! Ohne das Papier bekäme ich sie nicht aus dem Gefängnis«, schmunzelte Tino. »Es funktioniert immer sofort!

Eines Tages ging ich die Rue Gambetta entlang, und was erblickte ich da? Eine Tür mit Trauerflor. Ich blieb stehen und merkte, dass eine Beerdigung bevorstand. Nach all den Gendarmen im Haus zu urteilen, musste es die Beisetzung eines hohen Polizeibeamten sein. Auf einem kleinen Tisch an der Tür lag ein Kondolenzbuch, in das anscheinend alle Gendarmen von Paris ihren Namen schrieben.

Ich bin nicht besonders gebildet, Jean-Marie, aber ich habe Respekt vor der Gelehrsamkeit, auch wenn ich lediglich rechnen kann und sonst nichts.

Als niemand mehr an der Tür war, ging ich hinüber und tat, als würde ich meinen Namen hineinschreiben, riss stattdessen jedoch eine Seite heraus und versteckte sie unter meinem Mantel. Papa Gaspard, ein großer Gelehrter, las uns am Abend das Blatt vor. Wir fielen uns gegenseitig um den Hals! Ein ganz besonderer Schatz war uns in die Hände gefallen – eine Liste voll wichtiger Namen. Ein Bürgermeister, zwei Abgeordnete, drei Bankiers, mehrere Polizeimeister und zwanzig Gendarmen! Oben auf dem Blatt war ein wenig Platz, und darauf schrieb Papa Gaspard einen kleinen Text, in dem stand, was für gute, ehrliche Menschen die Vascuccis und die Gaspards seien und dass man ihnen mit größter Hochachtung und Höflichkeit begegnen solle.

Es ist ein Geleitbrief, der uns bisher immer geholfen hat, einem Zauberspruch gleich. Wie bei der Sache mit der Gans. Aber auf dem Rückweg müssen wir wohl eine andere Route wählen.«

Ich hatte an François geschrieben, und als wir zum Gasthof Zur Schwarzen Henne in Orange gelangten, wartete dort eine Antwort auf mich. Er drängte mich zur Rückkehr und fügte hinzu, ich würde vermisst, und Célie habe ihren Schaffner geheiratet und sei fort. Ich schrieb zurück, dass ich in drei Wochen im Roi Nantois sein würde, aber zuvor noch nach Marseille müsse, um der Enthüllung des Denkmals von Mistral, jenem Dichter der Provence, beizuwohnen und mit meinen Freunden von der Straße in dem Restaurant von Mère Blanchet zu tafeln. Letzteres war eine Belohnung, die ich mir selbst versprochen hatte, für die Zigeuner sollte es ein kleines Dankeschön für die Freundlichkeit sein, mit der sie mich aufgenommen hatten.

Auf dem Rest des Weges nach Süden aßen wir magere

Kost – Brot, im Fluss gefangenen Fisch, auf den Feldern gepflückten Salat aus Gräsern, angemacht mit ein wenig Öl und dem Saft einer Handvoll unreifer Trauben. Wir lebten sparsam wie pilgernde Mönche, schliefen auf hartem Boden unter Hecken, und die Arbeit hielt uns alle auf Trab. Von Figeac zur Camargue zogen wir durch ein Land voll kaputter Töpfe, Kessel und Pfannen, und Tino passte auf, dass sich alle benahmen, da wir uns in einer Gegend mit hochgeschätzten Stammkunden befanden. Tino flickte manche Töpfe sogar selbst, wenn sie hochwertig und aus Kupfer waren. Bei der Arbeit lehnte er stets das angebotene Glas Wein ab, auch wenn er es noch so gerne getrunken hätte, weil seine Hände, die geschickt die kleinen Nähte schliffen, der Aufgabe gewachsen sein mussten. Abend für Abend begnügte er sich mit Brot und Wasser. »Warum?«, fragte ich ihn.

»Jean-Marie«, sagte er, »ich esse erst wieder richtig, wenn ich mit dir am Tisch von Mère Blanchet sitze.«

Dieser alte Zigeuner besaß mehr Weisheit im kleinen Finger als die Stammgäste des Roi Nantois in der ganzen Hand. Denn Letztere wussten nicht, dass Überfluss zu nichts als Langeweile führt. Tino war der wahre Hedonist; ihm war bewusst, dass wir nur schmausen können, wenn wir auch gewillt sind zu fasten. Keine Leidenschaft, keine Lust, kein Interesse darf nach Belieben gestillt werden. Ganz im Gegenteil: Um das Verlangen lebendig zu halten, muss ihm oft die Erfüllung verwehrt werden, sonst wird es zum Feind seiner eigenen Befriedigung.

Am Abend verließen wir die Camargue in schwachem Mondlicht. Der junge Basil Gaspard war zur Abwechslung bei uns im Wagen und hielt die Zügel. Er zog sie an, schnupperte und spähte mit zusammengekniffenen Augen in die Dunkelheit. Ich sah nichts als die Pferde und die Laterne hinten an der Deichsel. Basil atmete tief ein, seine Finger zuckten, dann zeigte er nach vorn in einen Graben.

»Da!«, flüsterte er. »Eine Alte mit mehreren Jungen!«

Der Geruch zog zu uns herauf, ein Aroma von zertretenen Sellerieblättern, Lakritze und gefrorenen Äpfeln – der unverkennbar scharfe Duft von Schweinen. Basil sog ihn mit bebenden Nasenflügeln tief ein, schnallte seinen Gürtel enger, stellte sich auf das Rad des Wagens und stand wie ein Turmspringer da, die Arme nach vorne ausgestreckt. Dann hechtete er in die Dunkelheit. Es gab einen dröhnenden Schlag, dann ein Grunzen. Basil war auf der Sau gelandet. Der Ansatz eines Schreis zerriss die Luft und wurde erstickt.

Grinsend tauchte Basil wieder auf und hielt ein Ferkel in der Hand, dessen Beine zappelten wie Schneebesen.

»Guckt euch das an! Ein ganz Zartes, süß wie Butter! Wie macht sich das wohl in der Pfanne, gefüllt mit einem Korb voller Zwiebeln?«

»Wie ein Engel«, sagte Tino und kratzte sich mit dem Pfeifenstiel am Kopf. »Jetzt bring es wieder zurück! Gut so. Spring auf den Wagen!«

Wir fasteten noch immer, als wir Marseille am Tag der Festlichkeiten erreichten. Es gab einen Jahrmarkt, einen Straßenkarneval und gewaltige Menschenmassen auf der Prachtstraße, der Canebière – es schien, als sei die halbe Provence in die Stadt gekommen, um der Enthüllung des Denkmals für den großen Mistral beizuwohnen. Von der

Stelle, wo wir mit unseren Wagen standen, hatten wir einen guten Blick, wir hörten uns alle Reden an, die Lieder und die Musik der Kapellen mit ihren Blechbläsern, Trommeln und Querflöten, unglaublich bewegend für einen Exilprovenzalen wie mich.

»*O Magali, ma tant amado...*« Tino und ich sangen Mistrals Lied so laut wie die anderen. Der Bürgermeister zog am Band, der Vorhang hob sich und enthüllte den ehrfürchtigen Zuschauern die Gestalt des Dichters hoch auf einem Sockel, einen Arm ausgestreckt in Richtung der Hügel und seines Geburtsorts Maillane mit seinen Gärten und Zypressen.

Die Statue war beeindruckend, und genau das war die Absicht des Bildhauers gewesen. Doch auf den Gesichtern einiger Zuschauer um mich herum machte sich betretene Verlegenheit breit; der Bart eines Gemeindeältesten mit Seidenhut, der gerade auf der Tribüne eine Rede hielt, zitterte vor unterdrückter Belustigung. Die Hand der Statue wies genau in eine Gasse, die von Freudenmädchen bevölkert wurde.

Ich bin mir nicht sicher, da ich lange nicht mehr in Marseille gewesen bin, aber die Statue mag in der Zwischenzeit gedreht worden sein, sodass sie nun auf den Stolz der Stadt weist, den Hafen.

Schnurstracks gingen wir zu Mère Blanchet, ein altes Stammlokal von mir, als ich noch zur See fuhr. Dort spielten wir Karten und Domino und tranken Wein bis zum Abend, als Mère Blanchet uns zum Essen rief – ein ganz besonderes Essen, das sie für uns zubereitet hatte. Es war so besonders, dass sie den Tisch mit dem einzigen Tuch im Haus gedeckt hatte, einer alten Leinendecke, reich bestickt, ein Erbstück und Teil der Mitgift, die sie aus Nantes mit in den Süden gebracht hatte, als sie Hippolite Blanchet heiratete, der schon längst nicht mehr war. Mère Blanchet bewirtete keine anderen Gäste an diesem Abend, zumindest nicht mit den aufwendigen Gerichten, die sie für meine Zigeunerfreunde und mich kochte. Sie schmausten, wie sie noch nie zuvor in ihrem Leben geschmaust hatten. Auch ich hatte etwas zu feiern: Meine Besessenheit von Célie war fort! Das rief nach Champagner.

Die anderen Gäste saßen an blanken Tischen und bekamen Hasenragout und Kutteln. Für uns, die Könige, war das Beste gerade gut genug. Gegen Mitternacht bestellte ich die Rechnung.

»Hummer, Geflügel, einen Braten, Salat«, murmelte Mère Blanchet vor sich hin. »Für acht, zehn, mal sehen.« Sie schlug sich mit der Hand vor die Stirn und rechnete laut. Die Gehirnakrobatik war zu viel für sie. Mit dem Daumennagel zog sie Kerben ins Tischtuch. »Obst, Käse, Kaffee.« Noch eine Kerbe. »Und der Cognac und die Zigarren.« Zweimal zählte sie die Kerben zusammen. »Dreihundert Francs«, las sie vor.

Ich blätterte ihr das Geld hin und legte noch einen Schein hinzu, und nachdem die Wirtin das Geld unter ihre Schürze gestopft hatte, griff sie nach der Cognac-flasche, um eine letzte Runde auszugeben. Da schnarrte eine Stimme von den Kartenspielern herüber. Ein strenger Gendarm, augenscheinlich kein Freund von Zigeunern, funkelte uns böse an. Höchstwahrscheinlich hatte er nur Kutteln mit Zwiebeln bekommen.

»Mère Blanchet, es wird Zeit, dass auch Sie das Gesetz

beachten! Eine Rechnung muss einen Stempel tragen. Dann muss sie unterschrieben und dem Gast ausgehändigt werden, denn er hat ein Recht darauf.«

Die arme Frau war entgeistert, holte jedoch einen Stempel aus einem Kästchen über dem Kaminsims, drückte ihn aufs Tischtuch und schrieb ihren Namen darunter. Dann reichte sie mir ein Eckchen der Decke. Ich versuchte sie mir lässig in die Tasche zu stecken, gab jedoch schnell auf.

»Madame«, sagte ich und reichte ihr die Ecke zurück, »dieses Dokument ist zu groß zum Herumtragen, könnten Sie es daher bitte für mich aufbewahren, bis ich das nächste Mal herkomme?«

Ihre Augen waren feucht vor Dankbarkeit, und wir bildeten einen Kreis um sie, hoben die Gläser und tranken auf unser Lebewohl. Da es schon fast ein Uhr war, verabschiedete ich mich von den Vascuccis und den Gaspards und fuhr zum Bahnhof, wo ich den Express nach Paris nahm.

14

Lebt wohl, Lords und Ladys!

Ludwig von Frankreich beschloss einst, ein Hochzeits-
bankett zu Ehren einer Tochter aus dem mächtigen
Hause de Broglie auszurichten. Kardinal Mazarin sollte
erscheinen, ebenso der Prince de Condé, den der König
für einige Jahre hinter Gitter gesperrt hatte. Da die Braut
schlicht, füllig und grobknochig war und schon zweimal
vor dem Altar gestanden hatte und da der Bräutigam ein
zwielichtiger Seigneur war, untersetzt und unsympa-
thisch wie der Froschkönig im Märchen, vermisste man
jede romantische Note, es war wohl eher eine Zweck-
heirat. Böse Zungen behaupteten, die Verbindung interessiere Ludwig nicht im Geringsten, er sei nur des
Zanks zwischen dem Kardinal und dem Prinzen überdrüssig und sehe in dem Festmahl eine Gelegenheit, die
beiden für eine Versöhnung zusammenzubringen. Es
war nicht wahrscheinlich, dass sie sich bei Tisch streiten
würden. Aber alle warteten gespannt. Auf der Straße
nach Fontainebleau drängten und drängelten sich die
gekrönten Häupter aus drei Ländern, dazu in Pelz ge-
hüllte Gesandte aus Schweden, Russland und Polen, die
mit Schiff, Kutsche und Schlitten angereist waren.

Die Hochzeit war, wie Historiker inzwischen nach-
gewiesen haben, in der Tat bedeutungsvoll. Im Vorfeld
hatte sich herumgesprochen, dass es wohl das letzte Ban-

kett von D'Aujac werden würde, dem größten Koch Frankreichs. Tagelang hatte er in seiner Kammer gesessen und das Menü zusammengestellt. Es war ein Werk von noch nie da gewesener Herrlichkeit, so prächtig wie ein Oratorium von Händel. Es war eine Eloge von Weinen, eine Prozession von Hirschen, jungen Schwänen, Bussarden, Steinbutt, ausgefeilten Klassikern, ungezählten Früchten, Desserts und sizilianischen Eissorten – Letzteres ein Tribut an den Kardinal, einen Sizilianer. Der Tod von Mazarin wurde später von den Franzosen nicht gerade beweint, und D'Aujac, das lag auf der Hand, hatte eine geringe Meinung von ihm. Der Höhepunkt des Banketts war ein Hirschbraten in Blätterteig mit einer Sauce, die der Küchenchef eigens für den Anlass kreiert und entsprechend nach sich selbst benannt hatte: Sauce D'Aujac.

Das Menü mit seinen Speisen und Weinen und seiner Klarinettenmusik verströmte die Pracht der italienischen Renaissance, nur dass es schneller vonstattenging: Jahrhunderte gepresst in nur wenige Stunden. Auf den Arm eines Lehrlings gestützt, hinkte D'Aujac in der Küche genau im richtigen Moment zum Ofen, denn er war zweiundneunzig, und ein Fieber hatte ihn gebrechlich gemacht. Die Köche folgten ihm in dem Wunsch, bei der Geburt des neuen Gerichts behilflich zu sein – denn nicht weniger war es, diese Sauce. Einigen fiel auf, dass der Meister aufgeregt wirkte, seine Hand zitterte. Aber sein Geist war entschlossen. In der Pfanne über den heißen Kohlen verschmolzen Wein, Essenzen und Butter miteinander. Im überirdischen Licht der Fackeln rief D'Aujac mit knarrender Stimme nach dem Ochsenmaulfleisch, der Schüssel mit Sauce espagnole, dem Tablett mit den Bergen von Knochenmark. Alles wurde hinzugegeben. Dann schwankte der Koch, der Löffel fiel ihm aus der Hand, er sackte in sich zusammen.

»Es ist vollbracht!«, murmelte er noch und verschied wie Pindar in den Armen seiner Schüler. »Ach, D'Aujac, was für ein Verlust für die Welt!«

Seit seiner Jugend hatte er geschuftet, da er unersättlich ruhmeshungrig war – nichts Schlimmes an sich, wenn es den Betreffenden glücklich macht und die Mitmenschen nicht belastet. Aber Ruhm gewährt keinen Seelenfrieden, denn seine Triebfeder ist der eitle, beunruhigende Ehrgeiz.

Der Lehrling an jenem Abend hatte ein besseres Ohr als seine Kollegen in der Küche von Fontainebleau, und die Worte des Meisters brannten sich in sein Gedächtnis ein. Er wurde Koch in einer Jagdhütte am Rande von Paris, und als hundert Jahre später daraus das Roi Nantois wurde, war die Sauce D'Aujac noch immer ein Geheimtipp des Restaurants.

Unter dem Einfluss von François hatte sie mehr Pfiff bekommen, mehr Brillanz und einen Glanz, den der scharfsinnige Boulestin in seinem Almanach lobte und auf das Einfärben mit einer Glasur aus dem Nackenfleisch von Rindern zurückführte. François verriet nichts. Seine *panache,* diese dramatische Extravaganz der Kreolen, beschränkte sich aufs Äußere. Vor öffentlichem Beifall wich er zurück; ihm fehlte diese mit Scharlatanerie oder Niedertracht vermischte Egomanie, die man oft in der Kunst wie in der Politik beobachten kann. Auch war er durchaus tolerant. Wie Aristoteles war François ein großer Genießer von Fisch und fand, dass ein im November vor Yarmouth gefangener und richtig gebratener Bückling ebenso perfekt sei wie Rembrandts *Nachtwache,* außerdem bat er oft darum, ihm Bescheid zu geben, wenn jemand einen französischen Käse fände, der einem Stilton oder einem gereiften Double Gloucester ebenbürtig sei.

In mehrfacher Hinsicht war François der klügste Chefkoch in der langen Geschichte des Roi Nantois. Er erfand keine neue Sauce oder Speise. Wie die amtlichen chinesischen Töpfer und Weber begnügte er sich mit der Wiederholung der klassischen Form. Nicht Originalität, sondern Perfektion ist der Leitstern des Virtuosen, denn er weiß genau, dass eine perfekte Darbietung nicht zu verbessern ist und es mehr Können und Gewissenhaftigkeit für ein kraftvolles, lebendiges Abbild braucht als für das Kreieren eines schwachen Originals.

Der wahre Genießer weist Ruhm und Annehmlichkeiten von sich, wenn er einen zu hohen Preis dafür zahlen muss, und er ist überzeugt, dass das *summum bonum* ein angenehmes, unerkanntes Leben in Ruhe und Besonnenheit ist, fern von den Konflikten der Zeit. Kurz gesagt: François verzichtete auf seinen Thron im Roi Nantois. Es war eine Osternacht, tausend Essen waren nach oben geschickt worden, und die erschöpften, müden Angestellten wollten in der schwülwarmen, trägen Luft auseinanderlaufen.

»Messieurs!«

Da stand er, klein, massiv und feierlich, in der Tür zu seinem Büro, gekrönt mit der schwarzen Kochmütze, die er nur zu besonderen Anlässen trug. In seiner Nähe der Sommelier mit Kette und Schlüssel, vor ihm ein Wagen mit Champagner und Gläsern. Die Mitarbeiter eilten herbei.

François sprach: »Messieurs, ich will offen zu euch sprechen, und ich mache es kurz. Ich habe gekündigt, ich ziehe mich aufs Land zurück. Euch alle, meine Kollegen, verlasse ich mit unaussprechlichem Schmerz. Ich darf euch meinen Nachfolger vorstellen: Jean-Marie Gallois!«

Es war eine Überraschung für alle außer für mich. Die Köche erhoben ein Geschrei und schlugen mit Töpfen auf die Herde und Tische. Der Champagner wurde ausgeschenkt, ein Koch hob das Glas und rief: »Stoßen wir doppelt an: auf François und auf Madame François!«

Und auch das war eine Überraschung! Es war, als erführe man, dass der Bischof nicht nur seinen Stab beiseitegelegt, sondern sich auch eine Frau genommen habe. Es gab großen Jubel und Glückwünsche, noch mehr Champagner wurde ausgeschenkt. Die Verabschiedung dauerte eine Stunde.

Ich ging mit François nach Hause. Er war in romantischer Stimmung, schlug sich voller Gefühl mit der Hand auf die Brust und sprach von nichts anderem als der Dame, die in Aix-en-Provence auf ihn wartete.

»Unsere Inhaber bedauern den Verlust«, bemerkte ich.

»Die waren schockiert«, gab er zu. »Gründlich!«

Trotz der Würde seines Amtes und der Hingabe an sein anspruchsvolles Handwerk war François doch ebenso wenig immun gegen die zarten Bande der Leidenschaft wie ein Tenor, ein Staatsmann oder ein Brückenarchitekt. Die Autoren von Liebesromanen haben die großen Namen der *haute cuisine* vernachlässigt. Dramatiker haben bewegende Stücke über Sonaten, Statuen, selbst über die Nase eines Helden verfasst, jedoch nie über die Sauce eines Meisterkochs. Chanticleer hatte seinen Rostand, aber wer feierte einen Vatel oder einen Carême und verbreitete sich über ihre Leistungen in einem Theaterstück, einem Epos oder in einer Prosa, die über rein Journalistisches hinausging? Vizetelly und Sala und Léon Daudet, ich entschuldige mich bei euch! Ihr habt geschrieben, und zwar eloquent: Die Ausübenden einer vergänglichen Kunst zollten einander Tribut.

Lange hatte François dieser Dame bei Aix den Hof gemacht – einer Witwe, die zweifellos von hundert Romeos umworben wurde; nur zu verständlich, besaß sie doch einen herrlich großen Bauernhof mit Mandarinenbaumwäldchen, Korkeichen und Olivenbäumen, einem Fischteich, Schafen im Überfluss und Weiden mit hüfthohem Gras, Rosmarin und großen rosarotem Fingerhut. Und François hatte triumphiert. Oder sollte man, wenn man die Witwe kannte, die liebenswerte, beleibte, rehäugige Yvette, die so gerne gut aß, und wenn man unseren François kannte, sollte man dann eher sagen, es sei ein Triumph für die Dame gewesen?

Ich besuchte die beiden vor meiner Abreise nach Amerika und besichtigte den nach Kräutern duftenden Hof, auf dem François, gekleidet wie ein vorbildlicher provenzalischer Pferdehirt in schlichtem Velours und mit breitkrempigem Hut, seine herrlichen grünen Melonen zog, rund wie ein Melocactus. Nachmittags machte er sich fein und besuchte das Café im Dorf, wo er mit dem Bürgermeister sprach oder Gedichte deklamierte, als sei er Frédéric Mistral oder Jacques Jasmin, der Friseur.

Er kochte nicht mehr, gar nicht, höchstens hin und wieder einen frischen Fisch, zwei Perlhühner oder sonntags eine Hammelkeule mit diesen unvergleichlichen Böhnchen. »Und dann auch nur, verstehst du, um Yvette eine Freude zu machen.«

Als ich eintraf, war er in die Alpilles hinaufgeritten, wohin die Schafe getrieben worden waren, um sie vor der sengenden Hitze zu schützen. Wie aufregend ihre Rückkehr war! Geweckt von wildem Gebell, kletterte ich durch das Fenster nach draußen. Der Mond schien hell, und in der Luft lag eine herbstliche Frische. Die Hunde kläfften wie von Sinnen zur Begrüßung, und die Pfauen in den Eiben, deren tüllartige Federkronen im Mondlicht wie Turbane wirkten, erspähten die Herde und jubelten ihr mit lautem Krähen zu. Ich sah lediglich eine näher kommende Staubwolke. Dann erschienen die Schafhirten und als Nachhut François auf einem Pferd. Es war ein herrlicher Anblick. Unter jenen Buchen waren schon viele Päpste, ein Kaiser, vierzehn Monarchen von Frankreich und der Dichter Petrarca gewandelt.

Ich ging ihm mit Yvette entgegen. An François' Sattel hing ein Eimer mit Schnecken, und in einem Sack trug er wilde Rebhühner zusammen mit Majoran, Thymian und Rosmarin.

Am nächsten Tag machten wir ein Picknick auf einem bewaldeten Hang, wo wir die Rebhühner in einem Feuer aus Baumwurzeln zusammen mit den Kräutern rösteten, die Schnecken garten und im Bach, der eiskalt die Füße der Mandarinenbäume umspülte, unsere Melonen und eine Flasche trockenen, mineralischen Weins aus der Crau kühlten. Die Schafhirten und der Bürgermeister gesellten sich zu uns, und wir speisten mit der rustikalen Schlichtheit des Goldenen Zeitalters. Mandarinen erfüllten die Luft mit ihrem Duft; Grillen brachten sie zum Klingen. Der Sonnenschein wärmte unsere Kehlen, und der nach Kieseln schmeckende Wein wirkte kühler und rann unsere Kehle dankbarer hinunter, als wenn es ein Yquem gewesen wäre. Wir unterhielten uns. Die schlehenäugige Yvette, so groß wie breit, schlummerte selig mit dem Kopf auf François' Schoß. Wir lauschten den klingelnden Glöckchen, während sich die Herde grasend den Abhang hinaufbewegte. Ein Schäfer schlug ein Papier auseinander und holte einen Brocken funkelnder, geäderter Jade hervor – eine tropfende wilde Honigwabe, die er vor uns zerbrach. Wir aßen den Honig zur sanften thessalonischen Musik der Glöckchen an den Halsbändern der Böcke mit ihren schwarzen Mäulern. Vor dem Indigoblau des Meeres sah ihr Vlies wie Baumwolle aus. Sie schlabberten das Wasser, unsere Wolllieferanten; sie zupften am verdorrten Gras und am Thymian, wirbelten den Geruch von Staub und Erde auf, kämpften mit goldenen Mistkäfern und Bienen um die Blüten. Wie fett sie alle in den üppigen grünen Alpilles geworden waren!

»Im Frühjahr bekommen wir jede Menge Lämmchen«, sagte der Schäfer. »Bestimmt hundert Stück.«

»Mein Engel«, sagte François, »schau mal! Wir sind umgeben von Lammkeulen.«

Yvette wachte auf und sah sich um, blinzelte in die Sonne. Sie schob sich ein Bröckchen Honig in den Mund. »Ach, die kleinen Lausbuben«, rief sie und wischte sich die Finger an einem Schaffell ab. »Hört nur, wie sie blöken. Am liebsten würden sie direkt in den Ofen springen.«

Epikur sagt, es sei zweifelhaft, ob die Ehe irgendeinem Mann geholfen habe, man dürfe schon zufrieden sein, wenn sie keinem schade. Kratzte er das etwa in seine Tafel, als er mit den Schäfern Honig und Rebhühner aß und eine träge Schäferin auf seinem Knie ruhte?

Bon fruit murit tard, beteuern die weisen Gärtner. Dank ihrem Wissen über Früchte und Menschen misstrauen sie der frühen Reife. Vielleicht war ich zu schnell erwachsen geworden. In ihrer bedrückten, verzweifelten Stimmung – hatte sich nicht das Prestige des Roi Nantois mit dem untersetzten François verflüchtigt? – drängten mich die Inhaber auf den Posten des *chef de cuisine.* Ihr Staunen war kaum größer als meines, als sich das Boot über Wasser hielt. Irgendwie kam es sogar voran.

Speiste nicht der Club des Cent, die Crème de la Crème der Feinschmecker, zweimal in unserem Salon Louis XIV.? War es für Pierre nicht ein vergeblicher, ein schrecklicher Abend, wenn Prosper Montagné, Monsieur Boulestin, André Simon oder Ali Bab nicht an dem Ehrentisch neben dem venezianischen Spiegel saßen? Der angrenzende Garten wurde übernommen und mit einem Spalier überdacht, damit man beim Abendessen einen schönen Ausblick hatte. Er fand so großen Anklang, dass Pierre, inzwischen geheimnisvollerweise Anteilseigner des Restaurants, einen Palmengarten daraus machte, und die wächsernen Wedel streiften die Ohren und Diademe der Gäste. Es tafelt, um Goethe abzuwandeln, niemand ungestraft unter Palmen, denn irgendwann hängen die Blätter herab, und der Palmenliebhaber verlangt nicht nach der besten Musik und protestiert nur wenig, wenn überhaupt, wenn man ihm das Doppelte für ein Gericht oder einen Wein berechnet, doch das Roi Nantois missbilligte zwar die wuchernden Pflanzen, knüpfte dem Gast aber keinen Sou zusätzlich ab.

Zudem waren wir eklektisch. Wir plünderten die große Demokratie im Westen, bedienten uns bei ihr mit Austern Biltmore, *gumbo bisque* und vor allem mit dem einen oder anderen Wein, etwa einem löwengleichen Zinfandel aus der Nähe des Golden Gate in Kalifornien. Wenn Amerika im Ganzen auch eine gastronomische Sahara ist, so besitzt es doch seine fünf Oasen der Köstlichkeit.

Das Roi Nantois ist immer noch berühmt; noch immer stehen dort Meister am Herd. Heitere, ergraute Herren mit einer Liebe zu ihrer Aufgabe: Ministranten der *Haute Cuisine* mit großer Ehrfurcht vor den Früchten der Erde, vor ehrlichen Winzern und Käsern, Teigwaren, Würsten und Eingemachtem, vor Erzeugern guter Öle. Sie empfinden Dankbarkeit gegenüber Vögeln und stummen Kreaturen, unserem Verbindungsglied zur Pflanzenwelt, die demütig den Kopf vor dem Schlachterbeil beugen. Heller, Pichon, Laplanche, Aubrey-Zay, all ihr Meister mit den weißen Mützen! Ich habe viel von euch gelernt!

Nach einem Jahr wurde ich meines hohen Rangs und des Ruhms überdrüssig.

Finanziell gesehen war ich reicher als meine ehemaligen Lehrmeister am Herd. Die gute Baronin, die alte Freundin meines Onkels, hatte sich bemüht, dem Nougat Masséna größere Bekanntheit zu verschaffen. Natürlich war sie nicht mit einem Korb von Haustür zu Haustür gepilgert. Nein, sie hatte eine Villa auf Cap Ferrat eingerichtet und schuf mit exzellenten Menüs eine Kulisse von erlesener Vornehmheit. Börsenmakler, Großhändler und Besitzer von Ladenketten, die mit ihr im Kasino Roulette spielten und beim Portwein ihre Widerstandskraft aufgaben, waren schließlich Wachs in den Händen der Baronin, sodass sie sie überreden konnte, ihr das Nougat Masséna tonnenweise abzunehmen, ganze Wagenladungen voll. Sie verkauften es sehr erfolgreich. Es war ein gutes Nougat, das vom Bosporus bis zur Fifth Avenue seine Liebhaber fand.

Ich überließ der Baronin meinen Anteil an der Nougatfabrik. *Noblesse oblige,* und sie hatte mir einmal einen großen Gefallen getan. Außerdem war die Summe, die sie mir dafür zahlte, enorm, wenn auch angemessen. Nach dem Geldbetrag zu urteilen, musste sie nach einem Weg gesucht haben, ihre emotionale Verbundenheit zum Haus Masséna mit einer Geschäftsbeziehung zu festigen, die der Etikette Rechnung trug. Denn seit einiger Zeit schon führte mein Onkel nun ein Wappen und wurde für gewöhnlich mit »M'sieu le Baron« angesprochen.

»Wirklich kein schlechter Coup«, bemerkte Melun-Perret, als wir im Chez l'Annamese zu Abend aßen. »Was, wenn ich fragen darf, gedenkst du mit einer so abartig hohen Summe zu tun?«

»Rumänisches Öl kaufen?«

»Lass dich nicht auf so etwas Idiotisches ein. Das ist meine Branche.«

»Na gut, es steckt bereits in Guidos neuem Lokal auf Long Island.«

Auch Guido hatte Erfolg gehabt. Doch sein Restaurant hatte die bedauernswerte Phase des Ruhms erreicht, wenn die Gäste eher kommen, um gesehen zu werden, als um zu essen. Es war die Kehrseite des Erfolgs. Die Küche, die Weine, der Koch waren für das Publikum nebensächlich – Jazzgrößen, Filmschauspieler und so weiter. Melun-Perret hörte mir gequält zu.

»Guido zieht sich ins Inland zurück«, fuhr ich fort, »viele Meilen. So weit, dass die Gäste keinen Grund mehr haben, zu ihm zu fahren, außer wenn sie dankbar sind, zu überzogenen Preisen essen zu können.«

»Ich selbst hätte auch eine unanständig hohe Summe dafür ausgegeben«, murmelte er düster vor sich hin. »Aber wenn, dann später…« Geistesabwesend trommelte er auf den Tisch und schaute in den Graupelschauer vor dem Fenster. »Tut mir verdammt leid. So viele alte Freunde steigen aus. Von wo aus fährst du?«

»Weiß ich noch nicht. Le Havre vielleicht.«

»Nein.« Melun-Perret schüttelte bestimmt den Kopf. »Auf gar keinen Fall. In ungefähr einer Woche werde ich durch Spanien reisen. Wegen des Krieges. Warum fährst du nicht mit mir nach Barcelona?«

Ich dachte an Freda und auch ein wenig an Rémy, der eine Kette von Hotels auf der Iberischen Halbinsel verwaltete. Ich warf eine Münze. Es fiel Kopf.

»Warum nicht?«, sagte ich.

Eine Woche später fuhren wir durch Aragon und Kastilien. Langsam krochen wir durch das lehmige Gelb und die Trostlosigkeit Spaniens, hier und da ein Stück, mit erzwungenen Pausen, meistens bei Nacht, und wurden oft durch das Donnern von Gewehrkolben an der Tür geweckt. Die bewaffneten Wächter übersahen manchmal die Flagge am Ende unseres Zuges. Burgos schloss sich hinter uns mit einer stählernen Barriere, denn wir waren der letzte Zug, der die Stadt verlassen durfte; und der Zug gehörte Melun-Perret ganz allein. Dieser besaß uneingeschränkte Handlungsvollmachten verschiedener Regierungen. Er kam aus der unwirklichen Welt der Intrige, Diplomatie und Hochfinanz, in der es keine Grenzen gab. Der Zug selbst – eine Lok und ein Salonwagen mit einem Wappen unter goldenen Blumengewinden – war dafür umso wirklicher. Genaugenommen war er ein Traum. Wir verfügten über eine Bibliothek und ein Bad mit Dusche, einen Kammerdiener und über Ramon, den Koch. Wir bekamen sicheres Geleit; wir waren bedeutende Persönlichkeiten; und wir wollten unbedingt nach Barcelona, egal, was passierte. Es war ein Zug mit einem stark ausgeprägten Halteinstinkt. Seit der Grenze waren Fahrgäste herein- und hinausgeschlüpft.

Wir saßen gerade in der Bibliothek, als Georges ein Telegramm bekam. Er schaute hinaus in den Regen. Seine Zigarre erlosch. Er zündete sich eine neue an, die ebenfalls in seinen Fingern erstarb. Über uns dröhnte ein Flugzeug, es folgte den Schienen.

»Es ist viel, viel schlimmer, als sie gedacht haben«, sagte er. Er wies mit dem Daumen nach oben. »Ich muss mit dem da zurückfliegen. Aber du bleibst. Lass dir Zeit.«

Georges packte eine Aktentasche und eine Reisetasche. »Es tut mir so leid, dass ich das Essen mit dir verpasse. Unser letztes Essen für lange Zeit, Jean-Marie. Trink auf deine Freunde in der dunklen alten Rioja. *Adios!*«

Ein letzter Handschlag, und er war fort. Als Nächstes kam Madrid, wir fuhren heimlich in einen Rangierbahnhof am Stadtrand ein. Es war stockdunkel. Ich gab ein

Telegramm an Freda auf und bezahlte ein Heidengeld für ein Taxi.

Das hoch aufragende, düstere Haus sah aus wie eine Miniaturausgabe des Palasts von Escorial und war nur schwach beleuchtet. Ein Diener löste die Kette vor der Tür und ließ mich ein.

»Die Señora kommt sofort nach unten.«

Er brachte mir Zigaretten und ein Glas Sherry. Ich suchte mir einen Stuhl in der großen *salle d'attente* und schaute rauchend hinauf zur breiten Treppenflucht am hinteren Ende des Raums, auf halber Höhe von der Empore unterbrochen, unter der ich saß.

Ob sie mich nach so vielen Jahren wohl noch erkennen würde, fragte ich mich. Alles lag so weit zurück in der Vergangenheit, als wir mehr denn Freunde gewesen waren, als wir bei Beynac zur Schule gingen und ich ihr jenen Ring schenkte. Hätten wir geheiratet, hätte sie nicht so viel Luxus gehabt, sondern wäre die Frau eines Gastwirts an der Rhône geworden – Inhaberin eines verschlafenen Gasthauses mit Bienenstöcken, Geranien, Kohlköpfen im Garten und einem im Wind quietschenden Schild.

Ein Rascheln oben auf der Treppe, und ich sah zwei tiefschwarze Pantoffeln. Langsam stiegen sie herab, ein Schritt nach dem anderen. Freda kam nach unten, und mein Blick wanderte ihr Kleid hinauf zu ihrem Fächer, dann zu ihrer Hand. An ihrem Finger blitzte ein Ring mit einem großen Smaragd. Er strahlte unübersehbar, als sie die Hände ausstreckte. Ich ging ihr entgegen.

»Jean-Marie!«

»Freda!«

Die Vergangenheit senkte sich über uns, und wir unterhielten uns stundenlang, lachten, schwiegen, redeten weiter. Dann stand ich auf, um mich zu verabschieden.

»Rémy wird bedauern, dich verpasst zu haben«, sagte sie. »Wenn er hier wäre, könntet ihr zusammen fahren. Er musste fort, und ich bin mir sicher, dass Freunde von ihm, die einen Wagen haben, euch bis nach Saragossa hätten bringen können, wenn nicht noch weiter. Ein oder zwei Tage dort, dann fändet ihr bestimmt einen Weg nach draußen.«

Sie geleitete mich zur Tür. Es war dunkel, die Nacht roch nach Regen, und man hörte das Donnern von Kanonen und sah grelles Leuchten am Horizont.

»Bleib doch, Jean-Marie! Alle Straßen sind gesperrt, bis auf eine. Verstehst du nicht, wir sind von allen Seiten umlagert. Und es gibt einfach keine Züge, die hinausfahren. Rémy hat es versucht, aber keinen gefunden.«

»Einen gibt es«, sagte ich. »Er wartet auf einem Nebengleis. Ein Privatzug. Es tut mir leid, dass Rémy schon fort ist, denn ich hätte ihn überall hinbringen können.«

Der Blick, den sie mir zuwarf – ein Ausdruck des Staunens, der Unsicherheit –, verminderte den Schmerz, den ich seit acht langen Jahren spürte.

»Oh ... ich wusste nicht ...«, sagte sie. »Dann *adios, Jean-Marie!*«

Mir blieb keine Zeit für Erklärungen, denn schon kletterte ich in das Taxi. Es schoss davon, in die Dunkelheit, und nach zwanzig Minuten und vielen umfahrenen Straßensperren erreichte ich den Bahnhof. Die bewaffneten Wachleute schoben mich die Stufen hinauf, und einer drehte sich um und wies in den Himmel.

Genau in dem Augenblick begann die Bombardierung. Es ertönte ein Trommeln wie ein grotesk verstärktes Rasseln von Kinderspielzeug. Die Nacht wurde von grellen Zickzacklinien zerrissen, lautes Pfeifen detonierte zu roten Explosionen. Dann öffneten die Metallschlüssel zu Himmel und Hölle ihre Notenskala mit Tönen, die in den Wolken erklangen und widerhallten. Irgendwo auf dem Rangierbahnhof erschütterte eine Bombe die Erde, und die Detonation glich dem Einschlag eines Kometen in einem Kesselwerk. Lokomotiven und Gleise verdrehten sich zu einem Gewirr aus Metall.

»Wenn der Señor Platz nehmen möchte«, sagte der Butler und wies zum Tisch, »dann wird das Abendessen serviert.«

Ich hatte noch nicht gegessen. Ich war nicht in der Stimmung. Doch Ramon kam mit einer auf einer Platte dampfenden Wildschweinkeule herein. Der dunkle Rioja stand auf dem Tischtuch, eine Magnumflasche. In dem Augenblick hämmerten Fäuste gegen den Waggon.

»Machen Sie die Tür auf!«, befahl ich der Wache. »Lassen Sie alle rein, alle! Schnell!«

Aus der Dunkelheit schoben sich zehn Personen herein – Soldaten und Stellwerksmitarbeiter, einer verband gerade sein blutendes Handgelenk. Das waren alle, obwohl wir laut in die Nacht riefen, während sich der Zug langsam mit heruntergezogenen Rollläden in Bewegung setzte.

»Ein Abendessen für zwölf«, sagte ich zu Ramon.

Stühle und Klapphocker wurden an den Tisch gestellt. Ramon entzündete den Brandy und löffelte die brennende Sauce über die Keule. Stolz beugte er sich darüber, warf Kräuter in die Flamme, ungeachtet des nervenaufreibenden Donnerns um uns herum in dieser verrückt gewordenen Welt. Die Kunst hat Bestand. Wahnsinn kommt und geht, so wird es immer sein. Die Artischocken waren köstlich, der Salat kühl in einer geeisten Silberschale.

Ich schenkte den Rioja aus – ein randvolles Glas für jeden. Alle erhoben sich.

»Heute Abend, *amigos,* werden wir essen, trinken und fröhlich sein. Morgen…«

Nur die Gegenwart gehört uns, sagt Epikur.

»Was für ein ergreifender Roman über die Wunder des Lebens.« *Freundin*

Äthiopien in den sechziger Jahren: Die Zwillingsbrüder Marion und Shiva wachsen nach dem Tod ihrer Mutter und dem spurlosen Verschwinden ihres Vaters als Waisenkinder im Missionskrankenhaus heran. Beide sind unzertrennlich und wollen, wenn sie erwachsen sind, selbst Ärzte werden. Während Marion von seinem Ziehvater in die Chirurgie eingewiesen wird und die Schule besucht, bildet sich der hochbegabte Shiva autodidaktisch zum Arzt aus. Erst die Liebe zur selben Frau lässt die beiden Brüder zu Rivalen werden. Marion flieht aus dem von Unruhen erschütterten Land in die USA, wo er in seiner Arbeit als erfolgreicher Chirurg in einem New Yorker Krankenhaus aufgeht. Doch dann holt ihn die Vergangenheit ein, und er muss sein Leben in die Hände der beiden Männer legen, denen er am wenigsten vertraut: seinem Vater, der ihn im Stich gelassen, und seinem Bruder, der ihn betrogen hat.

Abraham Verghese, Rückkehr nach Missing. Roman
Aus dem Amerikanischen von Silvia Morawetz. insel taschenbuch 4000.
841 Seiten

»Hab den Mut zu leben, denn sterben kann jeder.«

Als Frida ein kleines schwarzes Notizbuch geschenkt bekommt, ahnt sie noch nicht, wofür sie es eines Tages benötigen wird. Auf der ersten Seite steht die Widmung: »Hab den Mut zu leben, denn sterben kann jeder.« Und Frida hat Mut. Sie trotzt den vielen persönlichen Rückschlägen und nimmt sich vom Leben, was sie will. Doch Frida lebt geborgte Tage. Ihr schmerzender Körper erinnert sie stets an ein Geheimnis, das sich in ihrem Notizbuch offenbart: Vor Jahren schloss sie einen Pakt mit einer geheimnisvollen Gestalt, die sie fortan begleitet, bis eines Tages der Zeitpunkt einer letzten Zusammenkunft bevorsteht …

Das geheime Buch der Frida Kahlo ist ein fesselnder Roman, der die geheimnisvolle Seite des extremen Lebens der Künstlerin schildert, aber auch ein kulinarischer Roman, mit vielen raffinierten, persönlichen Kochrezepten von Frida Kahlo.

Francisco Haghenbeck, Das geheime Buch der Frida Kahlo. Roman Aus dem Spanischen von Maria Hoffmann-Dartevelle. insel taschenbuch 4001. 282 Seiten

Eine Geschichte von Abenteuerlust und weiblichem Freiheitsdrang.

Ein Neuanfang sollte es werden, als Harriet und Joseph Blackstone von England nach Neuseeland aufbrachen. Von einem Leben in Wohlstand träumten sie, aber als Joseph im Fluss neben seinem Haus einen Schimmer von Gold entdeckt, kennt er nur noch ein Ziel. Er lässt Harriet und seine Mutter zurück und macht sich auf zu den Goldfeldern, zusammen mit vielen anderen Glückssuchern. Auf der Suche nach ihrem Mann reist Harriet ihrem eigenen Traum entgegen.

»Rose Tremain schreibt die besten historischen Romane unserer Zeit.« *Evening Standard*

Rose Tremain, Die Farbe der Träume. Roman
Aus dem Englischen von Christel Dormagen. insel taschenbuch 4002.
459 Seiten

Jack Kerouac, Lebendiger Buddha

Erstmals auf deutsch: die neu entdeckte Buddha-Biographie von Jack Kerouac.

Jack Kerouac, Idol der Beat Generation, war zeit seines Lebens fasziniert vom Buddhismus. In *Lebendiger Buddha* erzählt er nicht nur das Leben und die Wandlung des Prinzen Siddhartha Gautama zum Buddha, sondern schreibt gleichzeitig eine faszinierende Einführung in die buddhistische Lehre, über den Weg zur Erleuchtung.
Lebendiger Buddha ist das amerikanische Pendant zu Hermann Hesses *Siddhartha*.

Jack Kerouac, Lebendiger Buddha
Aus dem Amerikanischen übertragen und mit einer Einführung versehen von Ursula Gräfe. insel taschenbuch 4006. Etwa 220 Seiten

**Leidenschaftlich, intelligent und radikal:
die Günderrode**

Karoline von Günderrode (1780-1806) war eine hochbegabte Dichterin
der Romantik – und eine leidenschaftliche und radikale junge Frau. Gegen die einschränkenden Lebensverhältnisse, denen sie als alleinstehende
Frau unterworfen war, kämpfte sie willensstark und selbstbewußt an. Als
dann aber die Beziehung zu ihrer großen Liebe zerbrach, traf sie eine
folgenschwere Entscheidung.
Dagmar von Gersdorff erzählt das einzigartige und aufwühlende Schicksal der Günderrode.

**Dagmar von Gersdorff, Die Erde ist mir Heimat
nicht geworden. Das Leben der Karoline von Günderrode**
insel taschenbuch 4023. Etwa 283 Seiten

Wege zur inneren Ruhe

Schon Friedrich Nietzsche hat Marc Aurels Wege zu sich selbst als »Stärkungsmittel« empfohlen. Auch heutigen Lesern kann dieses Buch des großen Stoikers ein wertvoller Begleiter durch den Alltag und Anleitung zur inneren Ruhe und Gelassenheit sein.

Aurels meditative Gedanken und Aphorismen zeugen von großer Lebensweisheit und Liebe zu den Menschen. Das Glück im Inneren finden und sich nicht von den äußeren Stürmen mitreißen lassen – das ist die wertvolle Erkenntnis dieser unvergänglichen Sammlung von Leitsätzen.

Marc Aurel, Wege zu sich selbst
Aus dem Lateinischen von Otto Kiefer. insel taschenbuch 4027
Etwa 192 Seiten

Eine lesbische Amour fou

Adele Schopenhauer, Schriftstellerin, Künstlerin und Schwester des Philosophen Arthur Schopenhauer, und die »Rheingräfin« Sibylle Mertens-Schaaffhausen verband eine Liebesbeziehung, die leidenschaftlicher, turbulenter und skandalöser nicht hätte sein können.

»Die Geschichte dieser beiden ist eine der ganz großen Liebesgeschichten, wie sie in diesem Format – mal melodramatisch, mal opernhaft, mal von singspielartiger Komik, voll von bösen Kindern oder Brüdern, missgünstigen Erben und großzügigen Revolutionären, mit Schauplätzen in Weimar, Rom und Köln, mit Umsturz, Bankrott und italienischen Höhepunkten – wohl nur das 19. Jahrhundert hervorbrachte.«
Jens Bisky, Süddeutsche Zeitung

Angela Steidele, Geschichte einer Liebe: Adele Schopenhauer und Sibylle Mertens
insel taschenbuch 4031. Etwa 334 Seiten

Anleitung zum Glücklichsein

Was ist das Glück? Das fragte sich schon vor 2000 Jahren der römische Philosoph Seneca und verfaßte mit seinem Werk *Vom glücklichen Leben* die bis heute meistgelesene und genaueste Anleitung zum Glücklichsein. Alltagsnah beschreibt der Philosoph die höchsten Güter des Menschen – Gesundheit, Freiheit, Harmonie und Schönheit – und stellt sich die Frage, weshalb vor allem die innere Ruhe für das Wohlbefinden eines Menschen so bedeutsam ist. Kaum ein Text der Antike ist so klar und leicht verständlich zu lesen und so mühelos auf die heutige Zeit anzuwenden.

Seneca, Vom glücklichen Leben
Herausgegeben und aus dem Lateinischen übertragen
von Heinz Berthold. insel taschenbuch 4045
Etwa 160 Seiten

BARBARA BEUYS
SOPHIE SCHOLL
BIOGRAFIE

Das wahre Leben der Sophie Scholl

Von einer behüteten Kindheit über die Jahre beim BDM bis hin zur mu-
tigen Widerstandskämpferin der *Weißen Rose* – die erste umfassende
Darstellung des widersprüchlichen Lebens von Sophie Scholl.
Sophie Scholl ist eine der bekanntesten und gleichzeitig mythenumwo-
bensten Figuren des Widerstandes. Barbara Beuys strickt jedoch nicht
weiter am Mythos, sondern nähert sich Scholl von einer anderen Seite.
Anhand einer Fülle neu gesichteter Dokumente widmet sie sich besonders der Zeit vor dem Widerstand. Sie entwirft ein menschliches Porträt,
das Widersprüche und Spannungen offenlegt. Sie erzählt von Scholls
Kindheit, ihrer Familie, ihrer Entwicklung hin zur kritisch denkenden
Philosophiestudentin – und läßt so das wahre Bild der Sophie Scholl
hinter der Legende sichtbar werden.

»Ein atemberaubendes, erschütternd bewegendes Buch.«
Nürnberger Zeitung

»Diese Sophie-Scholl-Biografie ist ein Ereignis: Sie ist nicht nur glänzend
geschrieben, sondern öffnet auch neue Zugänge zum Verständnis der
Widerstandskämpferin.« *Volker Ullrich, Die Zeit*

Barbara Beuys, Sophie Scholl. Biografie
insel taschenbuch 4049. Etwa 580 Seiten

»Durch seine Biographie und sein Werk zieht sich der Wunsch, immer wieder neu anzufangen, altes Leben abzustreifen, sich zu häuten, ein unbekanntes Ich zu sein.«

Max Frisch ist der meistgelesene Schriftsteller der Schweiz, in Deutschland verkaufen sich seine Bücher in Millionenauflage. Nun zeichnet die bisher gründlichste Biographie Frischs Aufstieg bis in die Mitte der fünfziger Jahre seines Jahrhunderts nach. Julian Schütt, einer der besten Kenner von Leben und Werk des Schweizer Autors, wertet dafür erstmals alle zugänglichen Quellen aus, darunter zahlreiche bislang unbekannte Briefe, Notate und Dokumente, und er hat mit vielen Zeitgenossen und Weggefährten des Dichters gesprochen. Lebendig und anschaulich erzählt er, wie Max Frisch zum Weltautor wurde.

Julian Schütt, Max Frisch. Biographie eines Aufstiegs
Etwa 600 Seiten

Max Frisch
Entwürfe zu
einem dritten
Tage
buch
Suhrkamp

»Mit ›Tagebuch‹ bezeichnet Max Frisch seit den 1940er Jahren eine literarische Form, die sich von dem, was man landläufig unter dem Begriff versteht, grundlegend unterscheidet …
Als literarische Form steht es gleichwertig neben dem Roman, der Erzählung, dem Theaterstück.«

Peter von Matt

Im August 2009 meldeten die Feuilletons eine Sensation: In einem der Öffentlichkeit nicht zugänglichen Teil des Max Frisch-Archivs in Zürich war das Typoskript eines bisher unbekannten Werks des Autors gefunden worden. Auf der Titelseite ist notiert: »Tagebuch 3. Ab Frühjahr 1982«. Max Frisch lebte zu dieser Zeit in New York, zusammen mit seiner damaligen Lebensgefährtin Alice Locke-Carey, bekannt als »Lynn« aus der Erzählung *Montauk*. Ihr ist dieses *Tagebuch 3* gewidmet. Wie die beiden legendären 1950 und 1972 erschienenen Tagebücher verzeichnen auch die *Entwürfe zu einem dritten Tagebuch* Augenblicksnotizen neben längeren reflexiven Passagen über die Liebe und die Politik, das Leben und das Sterben, über Momente großen Glücks und die schwere Last des Alterns.

Max Frisch, Entwürfe für ein drittes Tagebuch. 213 Seiten